BBULMEDIA

http://www.bbulmedia.com

프리크 *Freak*

프리크
Freak

1판 1쇄 찍음 2014년 4월 1일
1판 1쇄 펴냄 2014년 4월 4일

지은이 | 엄주현
펴낸이 | 정 필
펴낸곳 | 도서출판 **뿔미디어**

편집장 | 이재권
기획 · 편집 | 윤영상

출판등록 | 2002년 9월 11일 (제1081-1-132호)
주소 | 경기도 부천시 원미구 상동로 117번길 49(상동) 503호 (우)420-861
전화 | 032)651-6513 / 팩스 032)651-6094
E-mail | bbulmedia@hanmail.net
홈페이지 | http://bbulmedia.com

값 8,000원

ISBN 979-11-7003-304-2 04810
ISBN 978-89-6775-485-3 04810 (세트)

BBULMEDIA FANTASY STORY

Freak

엄주현 판타지 장편 소설

프리크

5

〈완결〉

목 차

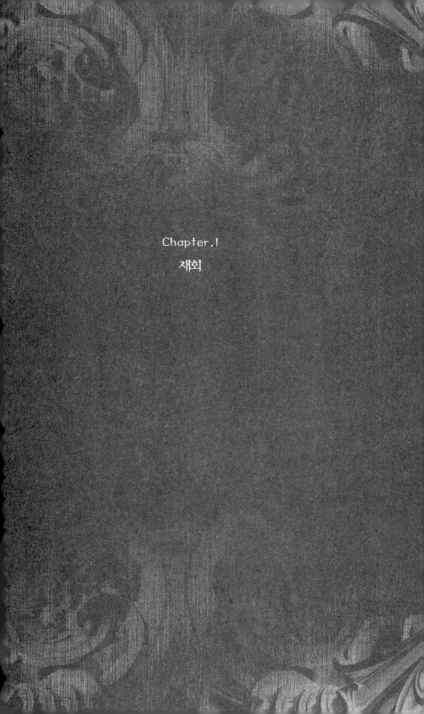

Chapter.1

재회

프로티나 왕궁 마법단 본부.

과거 데니크가 검소하다며 칭찬을 했던 모습과는 달리 클레첼과 네리는 마치 신세계를 본 듯한 사람 마냥 신기한 눈빛으로 주변을 두리번거리고 있었다.

사실 데니크가 검소하다고 볼 수 있었던 것도 본래 그가 다니던 황궁 마법단 본부가 너무나 화려했기 때문이었다. 즉, 상대적으로 검소하게 보였던 것이었지 둘 다 무예 가문 출신인 클레첼과 네리에게 있어선 이만큼 화려한 건물이 있을 수가 없었다.

저벅저벅.

몇 분가량 왕궁 마법단 본부의 어느 긴 복도를 걷던 클레첼과 네리는 잠시 주춤했다.

셀리에게서 인수인계를 받아 그녀들은 인도하던 로턴이 복도의 한쪽 벽을 바라보며 걸음을 멈추었던 것이다.

"여기서부터는 무기라든지, 그런 것이 있다면 다 내려놓고 가야 한단다."

"전 없어요."

"저도 마찬가지예요."

클레첼과 네리는 물어볼 것도 없다는 듯 온몸을 털어보이는 시늉을 보이며 대답했다.

애초에 그녀들은 전부 격투 계열이었기에 무언가 소지하고 있을 필요가 없었던 것.

심지어 여자들의 필수품이라는 손거울이라든가 빗 같은 것도 그녀들은 전혀 가지고 있지 않은 상태였다.

사실 그녀들이 준수한 외모를 가지고 있었음에도 불구하고 아카데미 내에서 그리 뛰어난 인기를 얻지 못한 것도 제대로 꾸미지 않은 것이 제일 큰 원인이기도 했다.

기본적으로 아카데미 내 남학생들은 운동 계열의 여학생들에 대한 일종의 편견이 있었기 때문이다.

운동만 하는 애들은 무식해서 교양이라든지 기품이 전혀 없을 것이라는 편견 말이다.

그나마 클레첼은 편입 당시엔 나름 인기가 있었지만, 나중엔 격투 계열 종사자라는 것이 드러나자 인기가 급속도로 사그라졌었다.

"그럼 잠시 두 눈을 감아 보렴. 너희들을 믿지 못하는 건 아니지만 아무래도 보안 때문에 들어가는 모습을 보여 줘선 안 되거든."

로턴의 말에 클레첼과 네리는 고개를 끄덕이며 눈을 감았다.

그녀들이 눈을 감은 것을 확인한 로턴은 아무것도 없는 벽에 손을 짚었다.

파앗—!

그러자 벽에 마법진이 새겨짐과 동시에 순식간에 주변 환경이 달라졌다.

아니, 주변 환경이 달라진 것이 아니라 그들의 육체가 어떤 모종의 장소로 이동된 것이었다.

"자, 이제 눈을 떠도 좋다."

"어라?"

"어느새?"

눈을 뜬 클레첼과 네리는 휘둥그레진 눈으로 주변을 둘러보았다.

무언가 마나의 파동이 일어난 것은 느껴졌지만 그것이 설마 텔레포트라고는 생각하지 못했던 것이다.

현재 그들이 있는 장소는 더 이상 아까 전에 걷던 왕궁 마법단의 복도가 아니었다. 어두컴컴하면서도 은은히 빛나는 발광석으로 인해 무언가 비장한 분위기를 연출하고 있는 장소였다.

"따라오거라."

그러나 완전히 도착한 것이 아니었는지 로턴 일행은 또 다시 어디론가를 향해 걷기 시작했다.

그리고 몇 분 정도가 흘렀을까.

음침한 분위기를 연출하는 복도 주변을 둘러보던 네리가 고개를 갸웃거리며 중얼거렸다.

"그런데 이 장소…… 뭔가 이상하네요. 분명 처음 왕궁 마법단 본부의 크기를 봤을 때 이 정도 걸었으면 벌써 왕궁 마법단 본부를 벗어나고도 남았을 거 같은데……."

차라리 아래로 내려가는 것이었다면 꽤나 깊숙한 지하에 있겠거니 했을지도 모르겠지만 그들은 그저 앞으로 직진만 할 뿐이었다.

도대체 어떻게 된 일인 걸까.

로턴은 그런 네리의 질문에 친절히 답해 주었다.

"장소는 여전히 왕궁 마법단 본부 안이란다. 다만…… 음, 그렇군. 너희들은 마법사가 아니라 눈치채지 못했겠구나. 이거 미리 설명해 줬어야 했는데 미안하구나. 그동안 여길 드나들던 존재가 대부분 마법사여서 설명할 상황이 없었거든."

"이거 혹시 마법 결계 안인가요?"

먼저 눈치챈 클레첼이 로턴을 바라보며 물었다.

로턴은 그런 클레첼을 바라보며 고개를 끄덕이며 추가 설명을 덧붙였다.

"정확히는 무제약의 결계 안이지. 길을 정확히 꿰고 있는 사람이 아니라면 영원히 무제약의 결계 안에서 헤매도록 만든 결계랄까."

"그만큼 보안이 필요한 곳이라는 소리군요."

"그래. 너희들은 믿고 있으니 들여보내 주는 것이지만 말이다. 노파심에 다시 말하는 것이지만 이곳에 들어왔다는 사실, 그리고 이곳에서 본 것은 그 누구에게도 발설하지 말거라."

로턴의 재차 강조하자 클레첼과 네리는 고개를 끄덕이며 다짐했다.

그리고 어느 샌가 그들의 앞에 빛이 새어 나오는 네모난 문의 형상이 나타났다.

그곳에 다가간 로턴이 주문을 외우자 문앞에 원형의 마법진이 나타나더니 이윽고 자동으로 문이 열렸다. 그리고 그 문 너머로 거대한 공간이 나타났다.

"어서 오게, 로턴. 마침 좋은 순간에 도착했군."

그곳에는 놀랍게도 저번에 아카데미 무도회에서 잠깐 면식을 보였던 프로티나 왕궁 마법단장 칼레이돈이 서 있었다.

로턴이 다소 긴장 어린 표정으로 물었다.

"단장님, 그녀들은 깨어났습니까?"

"그래, 그런데 조금 문제가 있는 것 같네."

"문제가 있다고요?"

"이리 와서 저길 보게나. 거기 옆에 있는 아가씨들도."

로턴 일행은 가까이 다가가 칼레이돈이 가리킨 곳을 바라보았다.

그곳엔 속이 비쳐 보이는 푸른 막 너머로 하나의 방이 있었다.

때마침 그 방 안에는 흰 원피스 차림의 호문쿨루스들이 막 침대에서 몸을 일으키고 있던 중이었다.

저번에 비하면 혈색도 한결 나아진데다, 체내의 마나의 흐름은 한층 안정된 상태.

이젠 그 누가 봐도 완벽히 인간이라고 해도 믿을 정도로 그녀들의 건강은 눈에 띄게 좋아진 상태였다.

그런데 대체 어디가 문제가 있다는 것일까.

로턴 일행은 잠시 고개를 갸웃거렸지만 이내 곧 칼레이돈의 말을 이해할 수 있었다.

"아아……."

"……."

"오빠……."

전에 비해 눈빛이 다소 살아나긴 했지만 여전히 그녀들

의 행동은 인형 같았다.

마치 누군가에게 조종을 받는 것 마냥 허우적거리거나, 멍한 표정으로 허공을 응시하거나, 목적 없이 주변을 두리번거리면서 의미 없는 행동을 반복했다.

그리고 그런 그녀들이 공통적으로 보이는 반응은 다름 아닌 '오빠'를 불규칙적으로 말하고 있다는 것이었다.

칼레이돈은 뒷짐을 진 채 그 모습을 바라보며 안타까운 표정으로 혀를 찼다.

"쯔쯧. 의식이 깨어날 때부터 줄곧 저 상태라네. 계속 누군가를 부르는 것 같은데…… 내 생각엔 저 호문쿨루스들을 조종했던 학생을 부르는 게 아닌가 생각하고 있다만, 자네들의 생각은 어떤가?"

먼저 대답을 한 사람은 고개를 살래살래 젓고 있는 로턴이었다.

"제 생각엔 그 조종자는 아닐 거라고 예상합니다. 조종을 받을 당시엔 분명 감정이 배제된 상태였기에 조종자에 대해선 아무런 감정도 느끼지 못했을 겁니다. 그게 좋은 모습이든 나쁜 모습이었든 말이죠. 오히려 제 예상을 말씀드리자면 호문쿨루스들이 조종을 받던 때에 무언가 자극을 받았기 때문이 아닐까, 라는 생각입니다. 들은 바로는 본래는 다 죽어 가는 불안정한 호문쿨루스들이 테리언으로 인해 갑자기 활기를 되찾지 않았습니까?"

"그렇다는 건?"

"예, 아무래도 저들이 부르는 '오빠'라는 대상은 테리언이 아닐까 추측됩니다. 저번에 테리언이 호문쿨루스들에게 힘을 불어넣어 줄 당시에도 비정상적으로 테리언에게 호감을 드러내지 않았습니까?"

"으음. 일종의 부모각인이라고 봐야 하는 것인가?"

부모각인 현상.

대표적인 경우로서는 거위의 새끼를 통해서 그 현상을 볼 수 있다.

거위의 새끼의 경우엔 알에서 부화하고 나면 처음 본 상대를 부모로 인식한다고 한다.

호문쿨루스들의 경우도 비슷한 맥락을 띠고 있었다.

기존에는 인형이나 다름없는 자아가 없는 생물체.

그러나 테리언으로 인해 활력을 되찾음과 동시에 자아가 생겼다. 자아가 생긴 것은 즉, 영혼이 불어넣어진 것과도 같은 이치.

이른바 그 순간에 새로이 태어난 것이었다.

그런 그들이 처음 자아를 가졌을 때 도움을 준 존재이자 그들의 시선에 맨 처음 보인 존재는 다름 아닌 테리언.

"그렇다면 지금 저 애들은 테리언을 아빠…… 라고 생각하고 있다는 거군요."

애처로운 시선으로 호문쿨루스들이 있는 방을 내려다보

던 클레첼이 씁쓸함이 묻어 나오는 목소리로 중얼거렸다.

네리 역시 애처로운 눈빛으로 그녀들의 모습을 바라보다가 문득 칼레이돈을 돌아보며 물었다.

"만약 저 애들이 테리언을 원하는 것이라면…… 지금 당장이라도 테리언을 불러와야 하는 게 아닌가요?"

"성급하게 생각하지 마시게, 아가씨. 앞의 상황만을 생각하면 테리언을 데리고 와야 하는 것이 정석이겠지만…… 그 뒤도 내다봐야 하지 않겠나?"

"그게 무슨 소리죠?"

"테리언이 이곳에 온다고 치세. 하지만 부모각인 현상이 맞는다면 그녀들은 필시 테리언과 떨어지려 하지 않을걸세. 그런데 테리언이 언제까지고 여기에 있을 수 있으리라 생각하나?"

"그건……."

"아가씨도 얼추 사정은 들었을 테니 알고 있겠지? 호문쿨루스들은 대외적으로 모습이 드러나선 안 되는 존재들이야. 너희들 같은 존재는 눈치채기 힘들겠지만 로턴이나 나 같은 고위 마법사들의 눈에는 저 소녀들이 호문쿨루스라는 사실을 단번에 알아챌 수 있어. 비록 체내의 마나의 흐름이 안정되었다고는 하나, 그 특유의 체질이 일반적인 인간과는 다르다는 건 여전하니까. 만약 질이 나쁜 마법사들에게 발각되기라도 하는 날, 세상은 시끌벅적해질지도 모르겠지. 여태까지 저런 완벽한 마나의 흐름을 가진 호문쿨루스들을 나타난 적이 없었으니까. 아니, 애초에 호문쿨루스의 명맥이 이어지고 있다는 사실만으로도 대륙이 뒤집어지겠지."

"……."

네리는 더 이상 반박하지 못했다.

칼레이돈이 하는 말은 구구절절 전부 현실을 직시한 발언이었기 때문이었다.

클레첼 역시 아무 말도 할 수 없었다.

다만 호문쿨루스로 태어났다는 이유만으로 이런 골방 안에서 세상 구경도 하지 못한 채 살아가게 될 그녀들을 생각하니 가슴이 아려 오는 것 같은 기분을 느꼈다.

"그래도 큰 걱정은 할 필요 없단다."

"네?"

"언니!"

칼레이돈의 말에 클레첼이 의아한 표정을 지으려던 찰나 어디선가 익숙한 목소리가 들려왔다.

소리가 들린 쪽으로 고개를 돌려보니 그곳에는 놀랍게도 처음 클레첼과 만났던 호문쿨루스였던 소녀가 뛰어왔다.

소녀는 종종걸음으로 클레첼에게 다가오더니 이내 품에 와락 안겼다.

클레첼도 반가운 마음에 안아 주긴 했지만 여전히 영문을 모르겠다는 표정으로 칼레이돈을 바라보았다.

그러자 칼레이돈이 설명했다.

"그 소녀의 경우는 검사 결과 프로토타입인 것 같더구나."

"프로토타입이요?"

"음, 설명하기 쉽게 말하자면 최초로 만들어진 호문쿨루스라고 해야 할까. 일종의 실험작 같은 거지. 그리고 그 실험작을 통해서 얻은 단점은 배제하고 장점만을 모아 따로 제작된 존재들이 바로 저 방 안에 있는 호문쿨루스들이다. 좀 거북한 표현일 수도 있겠지만 쉽게 말하자면 프로토타입은 불안정한 인형, 저 방 안에 있는 호문쿨루스들은 프로토타입을 거쳐 단점이 배제된 완벽한 인형인 셈이지. 그러다 보니 저들과 저 프로토타입의 소녀가 다를 수밖에 없었던 거야."

"그 단점이라 하면?"

"호문쿨루스들에게 결정적 단점이라면 뭐겠니?"

칼레이돈은 검지로 자신의 관자놀이를 톡톡 건드려 보였다.

"바로 감정이지."

"아아……."

자신의 뜻대로 조종하기 위해선 무엇보다 감정을 철저히 배제해야만 했다.

그렇기에 호문쿨루스들은 프로토타입을 만들면서 문제시된 부분을 보안하여 무감정한 존재를 만들어 낸 것이었다.

칼레이돈의 말이 이어졌다.

"하지만 현재는 조금 다른 상태라 볼 수 있어. 현재 저 프로토타입의 소녀도 그렇고 저기 있는 호문쿨루스들도 그 테리언이라는 소년으로 인해 많은 변화가 일어났다. 프로토타입의 경우는 불안정하게나마 감정이 발달되어 가던 중이었기에 소년을 통해 각성하면서 완벽히 일반적인 사람과도 같은 감정을 지니게 되었지. 하지만 저 호문쿨루스들은 프로토타입과는 달리 아무런 방비도 없이 갑자기 각성했기 때문에 현재 갓난아기 상태나 다름없단다."

"그럼 아까 말한 '괜찮다' 라는 의미는 뭐죠?"

네리의 질문에 칼레이돈이 아차 싶은 표정을 지었다.

"아아, 그랬지. 너무 서론이 길었구나. 그럼 본론으로 넘어가자면 내가 말한 '괜찮다' 라는 의미는 프로토타입과 저 호문쿨루스들의 관련성에 대해서다."

"관련성이요?"

"그래, 저 호문쿨루스들…… 제작부터가 불안정한 걸로 보아 얕은 지식으로 만든 듯싶어서 그런 건지는 몰라도, 미처 그 제작자가 알아내지 못한 비밀이 있거든."

칼레이돈은 클레첼에 품에 안겼던 프로토타입의 소녀의 머리를 가볍게 쓰다듬으며 말했다.

"이 소녀는 저 호문쿨루스들과 정신이 연결되어 있어. 정확히는 서로 제작될 때 같은 유형으로 제작되다 보니까 마나의 흐름이 공유되는 상태라고 봐야 하나? 아무래도 제작되던 당시부터 이렇게 만든 것 같은데, 현재 예상으론 정작 당사자는 그걸 몰랐던 것으로 추측하고 있는 것 같다. 만약 알고 있었더라면 따로 컨트롤러를 만들지 않고 이 프로토타입의 소녀를 컨트롤러로 만들었을 테니까."

클레첼과 네리는 뭔가 알 것 같으면서도 이해하기 힘든 듯한 표정을 지었다.

무엇보다 전문 용어들이 자주 튀어나오다 보니 그녀들에게 있어선 고개가 갸우뚱해질 수밖에 없었던 것이다.

결국 보다 못한 로턴이 가볍게 웃음을 지으며 말했다.

"단장님, 애들이 너무 어려워하지 않습니까. 그냥 쉽게 설명해서 '저 프로토타입의 소녀는 저기 있는 호문쿨루스들과 기억 공유가 가능하다'라고 말씀하면 되잖습니까. 이 아이들은 어떤 원리로 그런 것이 가능한지까진 궁금하지 않을 테니까요. 행여나 궁금하다 하더라도 알아듣게 설명하려면 머리에 꽤나 쥐가 날 겁니다."

"하긴. 그동안 너무 마법사들이랑 어울려 살다 보니까 그만 나도 모르게 버릇이 나왔군. 하핫."

본래 마법사들은 대화에 있어 기승전결이 확실했고, 무언가 말하면 그 말한 것에 대한 이유도 상세히 설명해야 비로소 '대화'로 취급해 주었기 때문이었다.

그렇기에 왕궁 마법단장인 칼레이돈도 그런 대화를 자주 오가다 보니 저도 모르게 평소의 버릇이 나오고 만 것이다.

"즉, 이 프로토타입의 소녀만이라도 바깥에 나간다면 저기 안에 있는 소녀들에게도 간접체험이 가능하단 소리인가요?"

한참이나 미간을 찌푸리며 이리저리 머릿속을 정리하던 클레첼이 마침내 이해가 된 건지 호문쿨루스들이 있는 방을 바라보며 중얼거렸다.

칼레이돈은 고개를 끄덕이며 대답했다.

"그나마 이 프로토타입의 소녀가 가장 인간과 가까운 마나의 흐름을 가지고 있으니까 말이야. 그 테리언이란 소년으로 인해 각성하게 됨으로 인해 이제 막 서로가 정신이 원활하게 연결된 것 같으니, 차차 이 프로토타입의 소녀가 바깥 생활을 하면서 여러 일을 겪게 되면 저기 있는 호문쿨루스들도 정신적인 성숙해지게 거다."

"그럼 이 프로토타입의 소녀는 어떻게 되는 건가요?"

"로턴에게 듣기를 너희들 얼마 후에 엘도흐 제국으로 떠난다지? 그전까지 몇 가지 더 준비를 한 후에 아카데미로 이 소녀를 보내 주도록 하마. 아마 그때쯤이면 바깥에 돌아다녀도 어지간해선 다른 이들에게 들키지 않도록 위장해 보마. 뭐, 그래도 데니크 단장님 급의 마법사 분이시

라면 들킬지도 모르겠지만 그분은 조용히 해 주시겠다고
했으니까 말이야."

"가, 감사합니다!"

클레첼은 진심으로 뿌듯함과 감동 어린 표정으로 허리
를 깊게 숙이며 인사했다.

드디어 마음속에 응어리졌던 묵은 때가 한 꺼풀 벗겨진
듯한 생각이 들었던 것일까.

클레첼은 눈물이 새어 나오는 것을 도저히 참치 못하고
굵은 눈물방울을 뚝뚝 흘렸다.

그러나 그 눈물은 더 이상 슬픔의 눈물이 아니었다.

그동안 마음속에 품고 있단 죄악감에서 벗어났다는 해
방감으로 인해 기쁜 나머지 나오는 눈물이었던 것이다.

'이제는 두 번 다시 같은 실수는 하지 않아.'

클레첼은 굳게 마음을 다잡으며 결심했다.

이젠 무슨 일이 있더라도 전력으로 프로토타입의 소녀를
지키면서 좀 더 세상을 구경시켜 주겠다고, 전처럼 누군가
에게 조종받지 않으면서 사람다운 삶을 살게 해 주겠다고.

클레첼에게 이 다짐은 상당히 깊은 의미를 지니고 있었다.

무엇보다 여태까지 누군가의 도움도 받지 않고 홀로이
일어서며 앞으로 나아갔던 그녀. 테리언 일행으로 인해
처음으로 도움을 받았고 또한 도움이란 것이 얼마나 필요
한 것인지 절실히 깨달았기에.

이제는 도움을 받는 것이 아닌 도움을 주는 입장이었기에. 그 각오가 남다를 수밖에 없었다.

누군가에게 도움을 받는다는 것이 얼마나 뜻깊은 일인지 무엇보다 본인이 몸소 체험했으니까 말이다.

"그럼 제가 책임지고 프로토타입의 소녀를 지켜 줄게요!"

"그럴 줄 알았다. 부디 그 소녀를 잘 부탁하렴."

"네!"

클레첼과 네리와 프로토타입의 소녀가 방을 나간 후, 그 자리엔 칼레이돈과 로턴만이 남았다.

그나마 클레첼과 네리가 있을 땐 걱정을 끼치지 않기 위해 일부러 표정 관리를 했지만 그녀들이 나가고 나자 어느 샌가 그들의 표정은 심각하게 변해 있었다.

방 안에 격리된 호문쿨루스들을 잠자코 바라보던 로턴이 무겁게 입을 열었다.

"결국 중요한 사실은 가르쳐 주지 않으셨군요, 단장님."

"어쩔 수 없지 않나. 저 마음 약한 소녀들에게 그 사실을 곧이곧대로 설명했다가 가슴에 비수라도 박을 일 있나? 아까 그 클레첼이란 소녀가 갑자기 눈물 흘릴 때도 처음엔 내가 실수했나 싶어서 간담이 다 서늘했던 말일세. 때로는 모르는 게 약일 때도 있는 법이지."

"앞으로 15년…… 정도인가요?"

"어디까지나 예상일 뿐이고 최소로 잡았을 때가 그 정도야. 그나마 그 테리언이란 소년의 기적 같은 힘으로 수명이 늘어날 수 있었던 거지. 최대로 잡으면 한 20년 정도 되려나? 특히나 프로토타입의 경우는 정신적으로는 다른 호문쿨루스들 보다 안정되었지만, 육체 자체가 너무 허약해. 그래서 그녀의 경우엔 아마 10년도 못 가리라 예상하네."

"씁쓸하군요. 늘어난 게 고작 그 정도라니……. 이 넓은 세상을 경험하기엔 턱 없이 짧은 생애 아닙니까. 그렇게 어린데……."

"호문쿨루스로 태어난 게 죄지. 어디 그녀들 죄겠나."

잠시 서로 한숨을 쉬며 짧은 침묵이 흘렀다.

무언가 곰곰이 생각하는 듯하던 로턴은 문득 혹시나 하는 마음으로 입을 열었다.

"……만약 테리언의 힘으로 그렇게 활기를 되찾은 것이라면 계속 테리언의 곁에 두면 되지 않습니까?"

"그런데 그건 어디까지나 극약 처방일 뿐이야. 게다가 그런 삶이 지속된다면 나중엔 테리언 곁에서 떨어지게 되면 죽게 되는 삶으로 변질된다네. 그녀들의 자유가 억압되는 것은 둘 째 치고, 테리언 본인은 평생 그런 그녀들을 곁에 두고 지낼 수는 없지 않은가. 무엇보다 테리언이란 소년한테 곤란한 일이 될 테니까."

"그것도 그렇군요."

그 외에도 몇 차례 대화가 더 오갔지만 속 시원한 대답은 나오지 못했다. 결국 호문쿨루스들에겐 정해진 미래만이 기다릴 뿐.

어떤 방법을 강구하던 최선이 아닌 차선이었으며 그저 클레첼이 잘 극복해 낼 수 있기를 기도할 수밖에 없었다.

왕궁 마법단에서 호문쿨루스들을 보고 돌아오니 어느새 바깥은 어둑해진 상태였다.

아카데미 스카우트 부실로 돌아온 네리와 클레첼.

늘 그렇듯 해가 어둑해져 가도 아카데미 스카우트 부실은 늘 조용했다.

이 시간 때에도 아젤리카와 칼리가는 학생 교사에 남아서 따로 무언가 일처리를 하고 있었고 네이젠은 해가 완전히 저물고 나서야 들어왔다.

"그럼 난 먼저 침실에 올라가 있을게."

"자게요?"

"응. 조금 피곤해서."

네리가 2층으로 올라가는 뒷모습을 바라보던 클레첼은 문득 유리창 너머로 보이는 산봉우리에 걸친 태양을 바라보았다.

처음 아카데미에 오기 전엔 잘 해낼 수 있을지 몰라 많이 고민하고 두려웠었다. 그리고 지금도 매번 아찔하고 가슴이 두근거릴 정도로 아카데미 내에서 많은 일이 벌어졌다.

만약 이런 일이 일어날 것이란 것을 그 당시 알았더라면 클레첼은 결코 아카데미에 편입하려 하지 않았을 것이다.

하지만 견뎌 냈다.

그리고 지금은 앞으로 무슨 일이 일어나더라도 더 이상 두렵지 않을 거란 생각이 들었다.

그만큼 강해진 것이다.

몸도, 마음도.

'테리언…… 덕분인가.'

거실에 마련된 소파에 다소곳이 앉은 클레첼은 석양을 바라보며 그윽한 미소를 지었다.

생각해 보면 테리언과는 첫 만남부터가 영 좋지 못했다. 로리아나에 의해 흑마법에 사로잡혀 날뛰던 때에 만났었으니까.

하지만 그때 테리언과 마주하지 않았다면 아마 지금쯤이면 클레첼은 여전히 거구의 상태로 악명을 떨치고 있었을지도 모른다.

그렇기에 클레첼은 테리언에게 늘 감사해하고 있었다.

테리언과 만났기에 흑마법의 저주에서 벗어날 수 있었

고, 여러 친구들을 사귀었으며, 자신을 속박하고 있던 트라우마를 딛고 일어설 수 있었다.

그리고 지금은 심지어 누군가를 도와줘야 한다는 신념을 가지게 만들도록 도와주기도 했다.

'그러고 보니 맨 처음 테리언이 가슴을 만졌을 때 뭔가 마나가 정화되는 듯한 기분을 느꼈었지. 호문쿨루스들의 마나의 흐름도 안정화시킬 수 있었던 것도 비슷한 맥락인 걸까?'

테리언의 힘은 정말 생각하면 생각할수록 묘했다.

분명 겉으로는 마나가 통하지 않는데도 막상 접촉하면 오히려 마나의 흐름이 안정화되고 맑아지는 건 물론, 활력까지 생겨났다.

이런 힘을 발현하기 위해선 기본적으로 마나가 필요한 건 당연한 수순인데 어째서인지 테리언에겐 마나가 느껴지지 않았다.

'그러고 보니 오래 전 아버님의 말씀으론 아득한 경지에 오른 사람에겐 반대로 마나가 느껴지지 않는다고 했지. 테리언도 그런 유형일까?'

드르륵—

호랑이도 제 말하면 온다고 하던가.

클레첼이 막 테리언에 대한 생각을 하고 있던 찰나 아카데미 스카우트 부실의 문이 열렸다. 고개를 돌리자 그곳엔 다름 아닌 테리언이 있었다.

"테리언! 어디 갔다 이제 오는 거야?"

클레첼은 반갑게 테리언을 맞이해 주었다.

분명 자신들과 같이 호문쿨루스를 보러 가고 싶었을 터인데 이사장의 부름으로 인해 오지 못했으니까 말이다.

안 그래도 테리언에겐 해 주고 싶은 말이 있었다.

무엇보다 프로토타입과 같이 활동할 수 있다는 점에 대해선 테리언에게 먼저 말해 주고 싶었던 클레첼이었다.

그런데 클레첼이 막 입을 열려던 때 테리언이 클레첼의 양어깨에 손을 얹었다.

왜 그러나 싶어 테리언을 바라보니 테리언의 두 눈동자에는 초점이 전혀 없었다.

"테리…… 언?"

그제야 뭔가 이상하다고 느낀 클레첼이 불안한 표정으로 물었다.

그러자 테리언이 하는 말.

"나는…… 누구지?"

"그게 무슨 소리야?"

"난…… 나는……. 로렌스카 마을에 사는……."

"테리언?"

테리언은 얼굴을 감싸 쥐며 미간을 찌푸리더니 이내 고개를 저으며 중얼거렸다.

"……아냐, 아무것도. 미안한데 나 피곤하니까 먼저 들어가서 쉴게."

"어? 어어……."

테리언은 당장이라도 넘어질 듯 비틀거리면서 침실로 올라갔다.

클레첼은 테리언의 뒷모습을 보며 걱정 어린 표정을 지을 뿐이었다.

무도회 이후 점점 테리언이 달라지기 시작한다.

일단 보기엔 좋은 변화인 것 같으면서도 어째서인지 클레첼은 마음 한구석에 스멀스멀 피어오르는 불안을 떨쳐내지 못하고 있었다.

'테리언…… 무슨 일이라도 있는 건 아니겠지?'

게다가 언제나 생기발랄했던 테리언의 눈동자가 아까전엔 완전히 죽어 있었다.

무언가 힘든 일이라도 한 것일까라는 생각도 들었지만 지금은 피곤해 보였기에 더 이상 말을 걸지 못했던 클레첼이었다.

만약 현기증과 동시에 술기운을 느낀다면 과연 어떤 기분일까.

그 기분은 면밀히 파악할 수는 없을 것이되 확실한 것은 사람 하나 미치게 만들 것이란 것에는 변함이 없을 것이란 거다.

그리고 현재 테리언은 그런 기분을 느끼며 침대에 쓰러지듯 누웠다.

생각해 보면 도대체 이런 기분을 어떻게 참아 내고 이곳까지 올 수 있었나 싶을 정도로 테리언의 컨디션은 말이 아니었다.

'나는 대체…….'

분명 이사장실에 들어선 순간 테리언은 그들이 자신에게 무슨 짓을 했다는 것을 느낄 수 있었다.

가장 유력한 것은 마법이 아닌가 싶었지만 그렇기엔 뭔가 이상했다.

애초에 자신은 마법이 통하지 않는 몸이 아니었던가?

'아니, 사실은 조금 애매했지.'

분명 처음에는 로턴도 테리언도 마법이 통하지 않는 몸이라고 철석같이 믿고 있었다.

하지만 클레첼을 만나 체내에 잠식했던 흑마력을 없애 주고, 광폭화한 네리의 정신을 침착하게 만들어 주며, 호문쿨루스들의 불안정한 마나의 흐름을 안정화 시켜 주었다.

이 사례들만 봐도 테리언의 힘은 결코 마법이 통하지 않는 힘이라고는 보기 힘들다는 것을 알 수 있었다.

'게다가 이사장실에서 정신을 잃고 난 후 꾸었던 꿈은 대체 뭐였을까…….'

단순한 꿈이라고 치부하기엔 너무나 생생했다. 하지만 그렇다고 진짜로 치부하기엔 자칭 테리어드라 불린 소년에게서 들은 사실은 너무나도 충격적이었다.

복제 인격.

분명 테리어드는 테리언에게 '자신에게 깃들면서 생겨버린'이라는 발언을 했었다.

'깃들었다고? 대체 무엇이?'

그 이후로 몇 가지 더 물어보고 싶었던 것들이 있었으나 테리어드는 일방적으로 자기 말만 하고선 사라져 버렸다. 정신을 다시 차렸을 때는 어느 샌가 양호실 침대에 누워 있었고 말이다.

모르겠다. 모든 것이 의문투성이.

예전에만 하더라도 자신의 과거에 대해선 아무런 의심도, 의문도 없이 잘 살아왔는데, 왜 이제 와서 새삼스레 이런 것에 대해 심각해지는 기분이 드는 것일까.

그저 확실한 것은 이 모든 의문이 엘도흐 제국으로 가게 되면 풀릴 것만 같다는 기분이 든다는 것이었다.

하지만 어째서일까.

테리언은 계속 마음속 한구석에서 스멀스멀 피어오르는 한 줄기의 불안감을 떨쳐 내지 못하고 있었다.

아무것도 보이지 않는 새카만 어둠 속.

그 한 가운데에 테리언은 누군가에 의해 목을 졸리고 있었다.

익숙한 풍경. 아마 틀림없이 꿈이겠지.

……잠깐. 그런데 어째서 익숙한 거지?

"잊지 마라……."

그 순간 어디선가 음산한 목소리가 들려왔다.

둔중하면서도 묵직함이 느껴지는, 그러면서도 어딘가 힘이 빠져 있는 듯 한 쇠약한 목소리. 하지만 확실하게 알 수 있었다.

이건 결코 인간이 낼 수 있는 목소리가 아니라는 것을.

'크으윽…… 대체 누가…….'

점점 조여 오는 숨통 속에서 테리언은 참을 수 없는 괴로움을 느꼈다.

뭐지? 이것은 꿈이 아니었던가?

그런데 어째서 이렇게 실제처럼 괴로울 수가 있지?

게다가 누가 자신의 목을 조여 오는지조차 알 수 없었다.

애초에 사방팔방이 전부 어둠으로 깔려 있었다. 혹시나 싶어 두 손으로 주변을 휘적거려보았지만 그 어떠한 물체에도 테리언의 손에는 닿지 않았다.

심지어 자신의 목을 더듬어 보아도 손에 닿는 물체는 아무것도 없었다.

손에 닿지 않은, 눈에 보이지 않는 무언가가 자신의 목을 조르고 있다는 것에 대한 공포감. 그것이 테리언의 전신을 엄습하기 시작했다.

"때가…… 올 것이다……. 그것은 멀지 않은…… 아주 가까운 미래……. 세상은 한 치의 앞도 보이지 않는 칠흑으로 물들 것이며……. 나는 다시 한 번 재림 한다……."

의미를 알 수 없는 말들이 테리언의 머릿속에 울려 퍼지고 있었다. 저번에 만났던 테리어드라는 소년과는 확연히 다른 목소리.

그 순간 테리언을 가까스로 떠올릴 수 있었다.

'이 목소리는……!'

프로티나 아카데미에 온 지 얼마 안 되었을 때, 손님 기숙사에서 머무르던 시절에 꿈에서 꾸었던 그 목소리!

처음으로 테리언에게 공포감을 느끼게 해 준 목소리였다.

'으윽. 깨, 깨어나야…….'

어떻게든 발버둥을 쳐 보지만 그럴수록 테리언의 목을 조여 오는 힘은 점점 더 강해져만 갔다.

그리고 그 순간 공포의 목소리가 다시 한 번 테리언의 머릿속에서 울려 퍼졌다.

"잊지 마라……. 너는……."

Chapter.2

뜻밖의 동행인

"허어어억!"

테리언이 거칠게 숨을 들이키며 튕기듯이 몸을 일으켰다.

심장은 미친 듯이 쿵쾅거렸고 온몸에는 식은 땀투성이였다.

애써 숨을 몰아쉬며 황급히 주변을 둘러보았다.

그리고는 자신이 아카데미 스카우트 부실의 침실에 있다는 것을 깨닫고는 비로소 안도감을 느꼈다.

"하아아."

기운 빠진 한숨이 흘러나온다.

문득 오른손으로 이마에 맺힌 땀을 훔치니 손바닥에 땀

이 흥건히 묻어 나왔다. 아무래도 악몽을 꿔도 제대로 꾼 것 같았다.

'으으, 기분 나쁜 꿈이군.'

잠시 눈을 감고 마음을 가다듬은 후 다시금 눈을 뜬 테리언은 주변을 둘러보았다.

네이젠의 침대와 아젤리카의 침대를 보니 말끔히 정리된 상태였다.

창문을 바라보니 어느새 푸른 여명이 밝아 오고 있었다.

거의 날이 어둑해져 갈 때 부실에 와서 잠들었던 것을 생각하면 상당히 오랫동안 잠든 셈이었다.

'단순한 악몽…… 이라고 생각했으면 좋겠는데'말이야.'

평소였다면 그냥 재수 없는 꿈을 꿨다고 생각했을지도 모른다.

과거 손님 기숙사에서 비슷한 악몽을 꾸었을 때에도 그렇게 치부했었으니까.

하지만 그때와 같은 목소리의 악몽을 두 번이나 꾸니 도저히 그냥 악몽으로만 치부할 수가 없었다.

생각해 보면 여태까지 꿈을 꾸면서도 허튼 꿈을 꾼 적이 없지 않았던가.

잠시 잊고 있었던 과거에 로리에를 구하던 꿈과 레이시

라에 대한 꿈은 전부 실제로 과거에 있었던 일이었다.

레이시라의 경우엔 조금 애매했지만 테리언은 이미 이 꿈이 자신의 잊어버린 과거라는 것에 대해 확신을 가지고 있었다.

끼익.

"어라. 마침 일어나 있었네. 안 그래도 깨우려고 하던 참이었는데 말이야."

돌연 문이 열리더니 네이젠이 걱정스런 표정을 지으며 등장했다.

"깨우다니?"

"벌써 잊었냐? 오늘이야. 오늘."

"오늘이라니 무슨……."

"너 잔뜩 기대했었잖아? 엘도흐 제국 설립 기념축제 호위 건으로 우리 아카데미 스카우트가 의뢰를 받았던 거 말이야."

"아아."

그제야 테리언은 이해했다는 듯 고개를 끄덕였다.

하지만 그 끄덕임에는 힘이 빠져 있었다.

그 모습을 눈치챈 네이젠이 걱정 어린 목소리로 물었다.

"혹시 어디 아프냐? 아프면 내가 아젤리카에게 말해서 빠지게 해 줄 수도 있는데."

"아냐. 이젠 좀 자서 괜찮으니까 신경 쓸 거 없어."

"그래? 그래도 괜히 무리하지는 마라. 엘도흐 제국은 땅덩어리 넓은 나라인 만큼 축제도 엄청 성대하게 벌어져서 심적으로 스트레스가 장난이 아니니까 말이야."

"그런데 그 호위란 게 대체 누굴 호위하는 건데?"

"엘도흐 제국의 황녀들."

"아……."

안 그래도 테리언에게 있어서 엘도흐 제국의 황족들은 상당히 심란한 관계가 아닐 수 없었다. 저번 꿈으로 인해 자신이 엘도흐 제국의 황태자라는 것을 알게 되었으니까.

자신이 복제 인격이니 뭐니 하는 영문 모를 말이 오가긴 했지만, 일단 정황상 보면 예상할 수 있었다.

특히 저번 무도회 때 자신이 테리어드니 뭐니 하는 학생들의 질문을 받았을 때를 보면 잘 알 수 있었다.

'모습이 변했다고 했었지. 그 엘도흐 제국의 실종된 황태자인 테리어드의 모습으로 말이야.'

그래서 엘도흐 제국의 황녀 중 막내인 세니츠도 무언가 낌새를 눈치채고 자신에게 접근하려 든 것일 테고.

테리언은 망설여지지 않을 수 없었다.

행여나 이제 와서 기억을 되찾는다 하더라도 자신에게 과연 그것이 무슨 의미가 있을 것인가.

엊그제까지만 해도 그저 대륙 여행을 하면서 좀 더 넓

은 세상을 구경하고 싶었던 천진난만한 소년이자 더불어 앞뒤 생각 없이 여자의 가슴을 만지면서 좋아라 했던 테리언이 아니었던가.

그러나 지금은 테리언 자신이 느끼기에도 현재 자신은 과거의 자신과 많이 달라졌음을 느낄 수 있었다. 정확히는 그 무도회 사건 이후부터 말이다.

"여하튼 난 괜찮으니까 신경 쓸 필요 없어."

"······그럼 슬슬 교복으로 갈아입고 내려와라. 그리고 아침은 중간에 수도 관문을 빠져나가기 전에 근처 식당에서 먹고 갈 거야."

테리언이 고개를 끄덕이자 네이젠이 문을 닫고 나갔다.

잠시 닫힌 문을 멍하니 바라보던 테리언은 머리를 긁적이더니 슬금슬금 침대 아래로 내려갔다.

옷장에 걸어두었던 교복으로 갈아입은 테리언은 잠시 벽 한편에 세워진 전신 거울을 쳐다보았다.

악몽을 꿨다가 일어나서 그런지 얼굴 상태가 영 말이 아니었다.

무언가 피곤에 찌든 눈매와 파리한 얼굴색하며, 언뜻 보면 온몸이 축 늘어져 있는 것처럼 느껴지기까지 했다.

평소에 거울을 자주 보는 편은 아니었지만 자신이 봐도 정말 어딘가 아파 보임이 역력했다.

저벅저벅.

그런데 문득 1층에서 누군가 올라오는 소리가 들리더니 이윽고 문이 비스듬히 열리며 고개를 내밀었다.

제네시드였다.

아직도 침대에 누워 있는 줄 알았는지 무어라 입을 열려 했던 제네시드는 테리언이 거울 앞에 서 있는 것을 깨닫고는 입을 천천히 닫았다.

그러다가 문득 테리언의 기색을 살피고서는 다시금 무거운 입을 조심스레 뗐다.

"테리언, 너⋯⋯."

"⋯⋯."

네이젠이야 그렇다 치더라도 제네시드는 전술 전략에 능한 존재.

조금 긴밀하게 설명하자면 분위기 읽는 데에도 도가 텄다는 뜻이다.

그런 제네시드의 시선으로 보이는 테리언은 말 그대로 처참하다는 표현이 너무나도 어울릴 정도였다.

도대체 어제 방과 후에 어떤 일을 겪었기에 저렇게 초췌해질 수 있을까.

이미 클레첼을 통해 어느 정도 사정을 엿들을 수 있었기에 걱정스러움이 들기는 했지만 막상 표정을 보니 심각하기 그지없었다.

"혹시 어제 무슨 일이라도 있었던 거야?"

잠시 말이 없던 테리언.

보통 누군가에게 안부를 물을 때 이런 질문을 하면 보통 곧이곧대로 대답하는 경우가 없다. 일단 겉으로라도 걱정 끼치지 않게 하려고 별일 없다고 대답하니까.

그런데 문득 테리언의 입에서 뜻밖의 말이 나왔다.

"무슨 일이 있었지. 그것도 아주 큰일이."

"무슨 일인데?"

"굳이 어제뿐만이 아니라 이 아카데미에 오고 나서 어느새부터인가 쭉 이어지고 있던 일이지."

아카데미에 오고 나서부터라니?

제네시드는 도저히 영문을 알 수 없는 소리에 그저 고개를 갸웃거릴 뿐이었다.

바로 그때였다.

갑자기 테리언이 균형을 잃고 비틀거리자 깜짝 놀란 제네시드가 다급히 다가와 몸을 부축해 주었다. 그러면서 속으로는 엄청 놀라지 않을 수 없었다.

대체 무슨 일을 했기에 이렇게 제대로 서 있지도 못할 정도가 되었단 말인가?

"테리언?"

"……"

잠시 고개를 숙인 채 말이 없던 테리언.

앞머리에 가려져 표정이 보이지 않았기에 제네시드는

고개를 기울여 테리언의 표정을 보았다.

그리고 그곳에는 미소가 걸려 있었다.

"……!"

물컹.

그와 동시에 제네시드는 자신의 가슴을 누군가 움켜쥔 것을 깨달았다. 그 나쁜 손이 누구인지는 안 봐도 빤한 상황!

"꺄악!"

기겁한 제네시드는 반사적으로 테리언을 밀쳐 내며 비명을 질렀다.

그러나 곧 방 한구석에 나동그라진 테리언을 보고선 뒤늦게 아차 싶은 표정을 지었다.

그런데 문득 테리언의 표정을 보니 싱긋 웃고 있는 것이 아닌가?

그리고 빵 터지는 웃음.

"아하하하!"

"테, 테리언?"

제네시드가 당황해서 어쩔 줄을 몰라 하자 테리언이 씨익 웃으며 말했다.

"이거이거. 제네시드, 너 완전히 여자 다 됐네? 그런 반응을 보일 줄도 알고 말이야? 전에는 가슴 만져 주면 간지럽다니 재미있냐니 하는 순수한 반응을 보였던 거 같은데 말이야."

"테리언…… 너 정말 괜찮아?"

"괜찮나니? 뭔 그런 멍청한 질문을 하고 앉았냐? 제네시드는 눈치가 빠른 줄 알았는데 은근히 허당이네. 연기한 거라고, 연기. 오랜만에 여자답게 가슴이 빵빵해진 제네시드 가슴 한 번 만져 볼라고 말이지."

"그게 무, 무슨……."

"어라? 얼굴 빨개졌다. 이제 완전히 시집가도 되겠네."

테리언이 익살스러운 표정을 지어 보이자 제네시드의 얼굴이 완전히 홍당무처럼 빨개졌다.

테리언은 그런 제네시드의 모습을 보며 재미있다는 듯 키득거리더니 옷을 털며 자리에서 일어났다.

그리고는 제네시드의 머리를 쓰다듬으며 다시 한 번 미소를 지었다.

아까 전의 익살스러움과는 다른 푸근한 미소로.

"쓸데없는 걱정을 끼치게 했네. 이젠 괜찮으니까 걱정할 필요 없어."

"테리언……."

"대신 앞으로 계속 가슴을 만지게 해 준다면 말이야."

이내 귓불까지 빨개지는 제네시드.

그런 모습에 테리언은 유쾌한 웃음을 지어 보이며 먼저 나가겠다는 말과 함께 방을 빠져나갔다.

그 뒷모습을 물끄러미 바라보던 제네시드는 어느 샌가 당황하던 모습은 어디로 가고 다시금 서글픈 표정이 되어 있었다.

이제야 뭔가 테리언다운 모습으로 변한 것 같다.

그런 것은 확실하게 느껴졌는데…….

어째서일까. 이 마음 한구석에서 여전히 지워지지 않은 불안감은…….

제네시드는 언제나 이런 불안을 느끼는 촉은 틀리지가 않았었다.

그리고 이런 촉의 도움을 많이 받아 전략 전술 면으로 S클래스에 들 수 있었기도 한 그녀였다.

언제나 이 촉에 감사함을 느끼고 있던 제네시드였지만, 지금만큼은 이 촉이 너무나도 밉게 느껴졌다.

그저 제발 자신이 잘못 느낀 것이기를…….

그렇게 믿고 싶은 제네시드였다.

*　　　*　　　*

아카데미 부실의 1층으로 내려온 테리언은 뜻밖의 인물을 만날 수 있었다.

"오빠!"

"우왓."

순간 자신의 품에 와락 안기는 클레첼…… 이라고 생각했지만, 자세히 보니 클레첼치고는 체격이 좀 작게 느껴졌다.

'아, 그 소녀구나.'

퀼러트가 제작했던 호문쿨루스들의 프로토타입이었던 소녀였다.

저번보다 훨씬 안색이 좋아 보였기에 테리언은 자신의 품에 착 달라붙은 소녀의 머리를 헝클어트리듯 쓰다듬어 주었다.

한편 고개를 드니 그곳엔 진짜 본인인 클레첼이 걱정 어린 표정으로 테리언을 바라보고 있었다.

테리언은 왜 저런 눈빛으로 바라보나 싶어 의문이 들었다.

'아.'

그러나 곧, 어제 아카데미 스카우트 부실로 돌아왔을 때 안 좋은 모습을 보였던 것을 상기하고는 재빨리 입가에 미소를 그렸다.

한 손으로는 소녀의 머리를 쓰다듬은 채로.

"얘 모습을 보니까 일이 잘 풀린 거 같네?"

"으응."

"그런데 표정이 왜 그렇게 풀죽어 있어? 무슨 일이라도 있는 거야?"

"테리언, 너……."

"응?"

천진난만한 표정으로 고개를 갸웃거리는 테리언.

그 모습을 본 클레첼은 왠지 모르게 안심이 들었다.

평소의 테리언다운 모습이었기 때문이었다.

결국 클레첼은 씁쓸한 미소를 지어 보이며 고개를 가로 저었다.

"아무것도 아니야. 그보다 그 소녀 말이야. 이름을 지어 줘야 하지 않겠어?"

"이름? 하긴, 여태까지 이름 부를 일이 없어서 몰랐는데…… 그런데 그게 왜?"

"어떤 이름이 좋을 거 같아?"

"어떤 이름이 좋냐니……. 그런데 그걸 왜 나한테 물어봐?"

"저 애가 부탁했거든."

다시금 프로토타입을 내려다보니 소녀가 잔뜩 기대에 어린 표정으로 눈동자를 반짝이며 테리언을 바라보고 있었다.

별말은 하지 않았지만 표정을 통해 수긍의 의미가 보였기에 테리언은 잠시 고민해야 했다.

"으음. 클레아는 어떨까."

무언가 이름에 의미가 있다든가 하는 것은 아니었다.

단지 클레첼의 '클레'라는 발음을 따왔을 뿐이었고, 거기에 보통 여성스러운 이름 하면 '~아' 형식이 많지 않던가.

"클레첼은 어떻게 생각해?"

테리언이 의사를 물어오자 클레첼은 괜찮다는 듯 고개를 끄덕였다.

"그럼 내 이름은 이제부터 클레아인 거야?"

자신에게 이름이 생겼다는 것이 기뻤는지 '클레아'라고 이름 붙여진 소녀가 기쁜 표정을 지었다.

테리언이 고개를 끄덕이며 다시금 머리를 쓰다듬어 주자 클레아는 기분이 좋은 듯 배시시 웃었다.

딱 거기까지는 좋았다.

"그럼 내 동생들의 이름은?"

"어?"

"……."

클레아의 허를 찌르는 질문에 테리언과 클레첼이 벙 찐 얼굴이 되어 버렸다.

클레아가 '동생'이라고 칭하는 대상이 있다면 그 호문쿨루스들밖에 없다. 그것도 서른 명 가까이나 되는 호문쿨루스들.

그리고 그걸 전부 이름을 붙여 주길 원하는 듯한 클레아의 눈빛!

그로 인해 테리언과 클레첼은 한동안 곤란한 표정을 지어야만 했다.

　　　　*　　　*　　　*

　프로티나 왕국에서부터 엘도흐 제국까지 도달하려면 마차를 타고 가도 족히 보름은 걸린다고 했다.

　이미 축제는 개최된 상태였지만 한 달간 진행되는 축제였기에 여유가 있는 상황.

　게다가 이번 대회의 하이라이트는 엘도흐 제국의 황녀들이 제국의 수도권이 되는 곳을 순회하는 것이었다.

　아무래도 축제에 황녀들이 직접 등장함으로써 대회의 분위기를 더욱 뜨겁게 달구고 더불어 민심까지 다잡는 의도가 숨어 있는 축제인 셈이었다.

　현재 엘도흐 제국의 수도권은 총 일곱 군데가 있으며 황녀 일행과 만나기로 한 지점은 황녀들이 세 번째로 순회할 지역인 알바토.

　가르네스 백작이 다스리는 영토였다.

　프로티나 왕국의 수도인 가르반에서부터 보름 동안 부지런히 가야 도착할 수 있는 지역.

　당연히 먼 거리를 이동하기에 마차를 이용해야 했고, 현재 아카데미 스카우트 부원들은 여행에 필요한 짐들을 마차의 뒤 칸에 싣고 있는 중이었다.

　무엇보다 근력이 좋은 클레첼과 네리, 네이젠이 전담해

서 신고 있었고, 아젤리카는 무언가 서류 같은 것을 들고 칼리가와 이야기를 주고받았다.

클레아도 일단은 클레첼의 신체강화술의 힘을 물려받은 호문쿨루스였지만, 프로토타입이었기에 그 힘의 발현이 불안정한 상태였다.

그래서 그녀는 먼저 마차에 올라 주변을 두리번거리며 잔뜩 기대 어린 표정을 짓고 있을 따름이었다.

그런 그녀를 제외하면 유일하게 아무것도 하지 않고 있는 인물은 테리언과 제네시드뿐이었다.

다만 제네시드는 과거에도 몇 번 아카데미 스카우트 의뢰 관련으로 일해 본 경험이 있어서인지 느긋함을 유지했다.

그리고 테리언이라면 평소의 낙천적인 성격 때문에 원래대로라면 싱글벙글한 표정을 지으며 클레아의 곁에 있었을 터였다.

하지만 무도회 사건 이후로 과거의 기억을 일부분 되찾음으로써 정신적인 성숙을 겪어서 마냥 편하게만 있지는 못했다.

그리고 무엇보다 현재 테리언에게 있어서 부담스러워진 인물이 세 명이나 곁에 있었기 때문이었다.

그중 하나는 다름 아닌 데니크.

엘도흐 제국의 황실 마법사인 만큼 그는 당연히 황녀들의 곁에서 호위를 할 의무가 있었기에 아카데미 스카우트과 같이 동행하기로 했었던 것이다.

그리고 둘은 엘도흐 제국의 막내 황녀인 세니츠.

그나마 세니츠는 아직 어려서 그런지 다른 이들보다는 많은 것을 알지 못해서 그나마 덜 부담스럽다고 할 수 있었다.

하지만 가장 부담스러운 존재는 다름 아닌……

"레이시라 공주님?"

제네시드의 목소리였다.

테리언이 고개를 들자 그곳에는 평상복…… 이라기엔 조금 귀티가 나는 옷차림을 한 레이시라가 평소대로의 포커페이스를 유지하며 나타난 것이었다.

제네시드의 의아함이 섞인 물음에 옆에 서 있던 아젤리카가 대변했다.

"아아, 그게 사정이 있어서 레이시라 공주님도 일행에 합류하기로 했다."

"그럼 저희들과 같은 의뢰 수행인으로서 합류한 건가요?"

"그건 아니고 귀빈으로서 제국으로 향하는 거다. 일국의 공주인데 우리랑 같은 일을 할 수야 없지."

"그렇군요……."

제네시드는 어째서 레이시라 공주도 같이 오게 되었냐고는 묻지 않았다.

뭐랄까, 사람 분위기 읽는 데에 능숙한 그녀가 보기에

아젤리카의 말의 분위기를 통해서 '더 이상 알려고 하지 마라' 라는 분위기가 물씬 풍겼던 것이다.

무언가 깊은 사정이 있는 듯 보였지만 거기까지는 제네시드가 참견할 일이 아니었기에 그 이상 물어보지는 않았다.

한편 테리언의 입장에서는 데니크와 레이시라 바라보며 착잡한 기분을 느끼고 있었다.

어제 방과 후, 이사장실에서 원인 모를 이유로 기절을 했다.

하지만 딱 보기에도 거기서 일이 끝났을 거라고는 생각되지 않았다.

분명 기절 후에 뭔가가 일어났다.

이런 짐작을 할 수 있는 이유에 대해선 결정적으로 그 익숙한 두통이 증거라고 볼 수 있었다.

무도회가 열렸던 당시 레이시라의 앞에 서던 그 순간 느꼈던 두통이 이사장실에서 느꼈던 두통과 흡사했기 때문이었다.

분명 무도회 때 두통 증상이 일어난 후에 자신이 테리어드로 변했다는 이야기가 나돌았다.

그렇다는 건 분명 이사장실에서 두통을 잃고 난 후에도 테리어드로 변했을 가능성이 높은 셈이었다.

그런데 그 당시 이사장인 세이나는 물론이며, 데니크와

레이시라 역시 두통과 관련되어 별다른 말을 하지 않았다.

그렇다는 건······.

'무언가 알고 있는 게 분명해.'

게다가 주변 분위기 때문에 그 당시엔 조용히 넘어갔지만, 테리어드로 변했다는 건 상당히 파격적인 일이었다.

원래라면 클레첼이나, 네리가 자신이 테리어드로 변한 것에 대해 어떻게 된 일이냐고 물어봤어야 정상이었다.

그런데 다들 짜기라도 한 건지 그 일에 대해서 전혀 추궁을 하지 않았다.

잠시 주변 눈치를 보던 테리언은 멀찌감치 떨어져 뒷짐을 진 채 먼 산을 바라보던 데니크의 옆으로 다가갔다.

왠지 레이시라는 평소의 무뚝뚝함을 보았을 때 전혀 말을 해 주지 않을 것 같았고, 세이나는 현재 보이지 않는 상황.

그럼 유일하게 만만한 대상이 데니크뿐이었다.

"무슨 일이냐."

테리언의 발걸음을 들은 데니크가 여전히 먼 산을 주시한 채로 입을 열었다.

잠시 머릿속을 정리하는 듯 눈동자를 아래로 내리깔며 찰나의 침묵을 지키던 테리언이 무겁게 입을 열었다.

"저기 당신은 혹시······."

"때가 되면 알게 될 것이다."

"네?"

아직 말을 끝맺지도 않았는데 즉답이 날아오자 테리언의 얼굴이 벙 쪄 버렸다.

"시간이 지나면……. 자연스레 모든 것을 깨우치게 될 거다."

"그게 무슨 소리인지……."

"데니크 님! 출발 준비가 다 끝났으니 슬슬 마차에 올라타 주세요. 그리고 테리언도!"

마차 쪽에서 클레첼이 소리치자 데니크는 유유히 몸을 돌려 마차 쪽으로 향했다.

그 뒷모습을 멍하니 바라보고 있는 테리언.

아주 잠깐이었지만 고개를 돌리던 순간 보였던 데니크의 표정은 무언가 이루 말할 수 없는 착잡함과 쓸쓸함이 느껴지고 있었다.

'역시 뭔가 알고 있어.'

덜그럭덜그럭.

마차의 바퀴 소리가 불규칙적으로 들려왔다.

현재 아카데미 스카우트 일행이 달리고 있는 장소는 프로티나 왕국의 국경선 근처에 있는 크류온 평원이었다. 그리고 그 크류온 평원을 가로지르고 있는 마차들이 희뿌연 먼지를 일으키고 있었다.

마차의 수는 총 세 개.

그중 하나는 본래 세니츠가 이 프로티나 아카데미의 무도회에 참여하기 위해 왔던 당시 타고 왔던 마차였으며, 다른 하나는 레이시라 공주가 가지고 있는 마차였다.

그리고 나머지 하나는 아카데미 스카우트 부실을 위해 아카데미 측에서 마련한 마차였다.

세니츠가 타고 있는 황실 마차의 경우는 제국의 마차답게 내부에 공간 확장 마법이 걸려 있어 문을 열고 안에 들어가면 족히 열댓 명은 들어갈 수 있었다.

세니츠를 모시는 시중 여섯 명과, 데니크가 타 있긴 했지만, 여전히 자리가 널찍한 것은 사실.

반면 아카데미 스카우트에서 마련한 마차는 소형 마차였기에 네 명 정도밖에 타지 못했다.

아카데미 스카우트 부원이 아젤리카, 칼리가, 네이젠, 테리언, 로리에, 제네시드, 클레첼, 네리. 총 8명인 것을 감안하면 전부 타기에는 확실히 너무 좁았다.

물론 바짝 땅겨 앉는다면 여섯 명까지 탈 수 있겠지만, 아무래도 장거리 이동을 하다 보니 불편하게 탈 수는 없는 노릇이었다.

게다가 네이젠이 한 덩치 하는 것도 문제였다. 더불어 클레아도 같이 가기로 했으니 말 다한 셈이다.

원래는 실질적인 아카데미 스카우트 부원이 아젤리카,

칼리가, 네이젠, 제네시드 총 네 명이었던 것을 감안하면 원래는 좁지 않은 마차였을 터였다.

그래서 결국 상의한 결과 본래 아카데미 스카우트 마차에는 아젤리카, 네이젠, 테리언, 클레아가 탔다.

또한 양해를 구해 레이시라 마차엔 로리에와 제네시드가 탔으며 세니츠의 마차엔 칼리가와 클레첼과 네리가 타게 되었다.

참고로 클레아는 원래 클레첼과 같이 탈 예정이었지만 본인이 워낙 테리언과 같이 있고 싶다는 이유 때문에 어쩔 수 없이 테리언과 타게 되었다.

게다가 데니크의 말로는 호문쿨루스들은 테리언의 곁에만 있어도 이로운 효과를 받을 수 있으니 오히려 권장한다고 말하기까지 했으니까 말이다.

그리고 그 세 개의 마차 중, 세니츠가 탄 마차는 시끌벅적했다.

아무래도 여자들만 타 있다 보니 자연스레 수다가 오고 갈 수도 있을 상황이긴 했지만, 그렇기엔 클레첼와 네리, 칼리가는 침묵만을 유지할 따름이었다.

즉, 세니츠가 일방적으로 떠들어 댄다는 뜻이었다.

간간히 세니츠가 말을 걸어오면 대답하는 것 외에는 클레첼 들은 그저 세니츠의 눈치만 봐야 할 따름이었다.

애초에 그녀가 엘도흐 제국의 황녀이기 때문에 함부로

대하기 힘들었던 것이 큰 셈이었다.

"우웅~"

"……"

"……."

"……."

반면 아카데미 스카우트 마차는 마차 바퀴 소리와 말발굽 소리 외에는 적막만이 흐를 따름이었다.

애초에 남자들만 이루어진 마차 안에서 무슨 화기애애함이 오고 가겠는가.

물론 클레아는 여자이긴 했지만, 아직 세상 물정을 모르는 천진난만한 소녀였다.

그나마 마차가 처음 출발하던 당시엔 호기심 가득한 표정으로 주변을 둘러보며 신기하다는 듯 재잘거렸지만, 지금은 제 풀에 지쳐 잠에 든 상태였다.

그저 각기 서로 앉아 있는 창문 쪽의 풍경으로 시선을 돌린 채 각기 생각에 잠겨 있을 따름이었다.

마지막으로 레이시라의 마차에서는 때마침 서로 간의 통성명이 오가고 있었다.

"이야기는 들었지만 이렇게 느긋하게 서로 얼굴을 마주보는 것은 처음인 것 같군. 그 당시는 경황이 없어서 미처 아는 척을 할 틈이 없어서 말이지. 새삼스럽지만 인사하지. 카르반 아리달. 편하게 카르반 남작이라고 부르면 된다네."

"반갑습니다. 로리에 휴스입니다.

"안녕하세요. 제네시드 바그단입니다."

카르반은 개인 소유의 말이 있었기에 굳이 마차에 타지 않고 따로 말에 탄 상태로 마차의 옆을 호위하듯이 따라 붙은 상태였다.

현재 레이시라의 마차와 속도를 맞추며 마차 안에 있는 로리에와 제네시드에게 인사를 건네고 있던 참이었다.

카르반은 잠시 로리에와 제네시드를 번갈아 보더니 이내 로리에 쪽으로 시선이 고정되었다.

"휴스 가문이라면…… 그렇군. 네가 그 유명한 로턴 님의 딸이었군. 아카데미에서 재학하고 있다는 것은 들었지만 역시 대단한 미모야. 프로티나 왕국 최고의 미녀인 레이시라 공주님에게 꿇리지 않을 정도라니 말이지."

"과찬이십니다."

"아, 물론 옆에 있는 제네시드 양도 마찬가지로군."

"네? 아, 저…… 저는……."

로리에야 원래 여자였다 보니 아름답다는 말이 칭찬일지 몰라도 제네시드는 원래 남자도 여자도 아닌 어중간한 존재였다.

그러다 보니 사실상 제네시드에게 있어선 아름답다는 말이 조금 낯간지러울 수밖에 없었다.

제네시드가 약간 당황한 얼굴로 몸을 쭈뼛거리자 카르반이 너털웃음을 흘리며 말했다.

"정말 로리에 양이나 제네시드 양을 보면 내가 얼마나 세상 보는 눈이 좁았는지 깨닫는 군. 일평생 프로티나 왕국에서 지내면서 레이시라 공주님만 한 미녀가 없을 것이라고 생각했는데, 이렇게 버금가는 미녀가 또 있을 줄이야. 역시 세상은 오래 살고 봐야 하는 것인가?"

"아하, 아하하하……."

제네시드가 예의상 미소를 지어 보이고 있을 때, 로리에는 가볍게 눈동자를 돌려 조용히 앉아 먼 산을 바라보는 레이시라를 바라보며 생각에 잠겼다.

무도회 당시 모종의 이유로 백금발의 미소년으로 변해 버린 테리언.

그렇게 변한 테리언에게 한없는 호감을 보였던 레이시라.

그 이후 다시 원래대로 돌아온 테리언에겐 또다시 쌀쌀맞게 대한다.

어째서인지 주변에서 워낙 휘휘거렸기에 자세하게 알 수는 없었지만, 로리에는 분명 테리언에게 무언가가 있는 것이 틀림없다고 생각했다.

무엇보다 무도회 이후 묘하게 달라진 테리언의 성격.

다른 이들은 그런 테리언을 놀라워하거나 흥미로워했지

만, 유일하게 로리에만은 침착할 수 있었다.

로리에에겐 뭐랄까, 반가우면서도 익숙한 모습이었기 때문이었다.

'그리고 보니 테리언과는 만남부터가 정말 묘했지.'

그날, 화재로 인해 머리에 큰 충격을 받기 전까지만 해도 로리에가 아는 테리언은 결코 가슴 만지는 것을 좋아하던 소년이 아니었다.

더불어 낙천적이거나 순수한 모습의 소유자도 아니었다.

'내가 처음 만났을 때 오빠의 인상은……'

그것은 결코 싱글벙글한 인상 같은 것이 아니었다.

오히려 근심걱정이 가득해 보이면서도 어딘가 비밀이 가득해보였던 소년이었으니까.

로리에는 창문에 한 쪽 팔을 기댄 채 턱을 괴며 먼 산을 바라보았다. 그리고는 처음 테리언과 만났던 일을 회상하기 시작했다.

다른 이들은 알지 못하는, 로리에만이 알고 있는 과거의 테리언의 모습을 떠올리며……

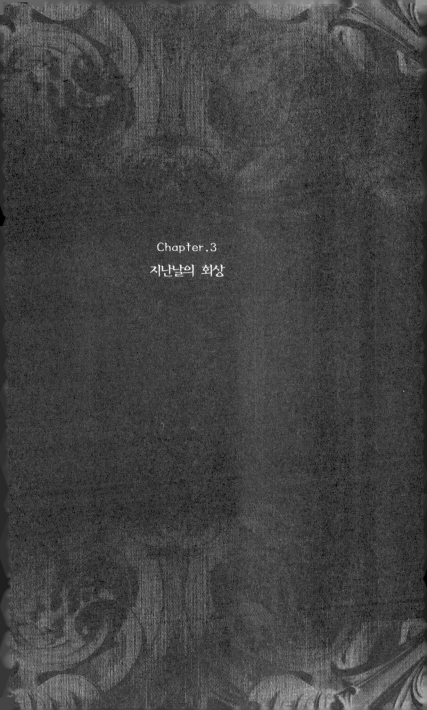

Chapter.3

지난날의 회상

생각해 보면은 그 만남은 우연이었다고 해야 할까……

아니, 어쩌면 반드시 만나야만 했던 '운명'이었을지도 몰랐다.

"글쎄, 웬 마을에 미친 소년이 들어왔다지 뭐래요?"

"자경단은 어디서 대체 뭘 한답니까?"

"낸들 알아요? 지금 벌써 민원만 해도 여러 사람들이 넣었다는데, 자경단에서도 손을 못 쓰고 있다고 하네요."

"어째서요?"

"글쎄 그 소년이 마법사라지 뭐래요!"

프로티나 왕국년 502년.

그것은 아직 로리에가 8살이었을 때.

아직 로턴 가족이 로렌스카 마을에서 거주하던 당시 로렌스카 마을에서 퍼지고 있던 하나의 소문이었다.

쾅쾅, 쾅쾅쾅!

현관에서 들려오는 다소 감정이 들어가 있는 거친 노크 소리.

부엌에서 조리를 하고 있던 로리에의 어머니 사리안은 앞치마에 손을 닦고서는 서둘러 현관으로 나가 문을 열었다.

"로턴 선생님께선 현재 집에 계십니까?"

노크 소리에서부터 무언가 범상치 않았다는 것을 예고하듯 현관 앞에 서 있는 남자의 표정은 영 심상치가 않아 보였다.

인사도 없이 다짜고짜 로턴부터 찾는 그 남자의 모습은 상당히 무례하기 짝이 없었지만, 사리안은 얼굴을 구기지 않고 친절한 미소를 지어 보이며 말했다.

"아직 수도에 가셔서 돌아오지 않으셨어요."

"에잉, 쯔쯧. 그 어떻게든 좀 빨리 오라고 좀 해 주십쇼! 부인께서도 그 소문은 들어서 알고 계시겠죠?"

"네, 알고 있지요."

"벌써 자경단들도 손을 써 보았지만 좀처럼 다가갈 수가 없답니다. 아니, 애초에 마법사인데다가 뭔가 미쳐 보이기까지 했으니 당최 다들 겁을 먹어서 다가가지도 못한다지 뭡니까? 지금 유일하게 그 미치광이를 제압할 수 있는 건 로턴 선생님뿐이니 얼른 도착하시거든 마을 북쪽의 쉼터 쪽으로 오시라고 말씀 좀 해 주십쇼!"

"명심하겠습니다."

남자는 그 말을 마지막으로 씩씩거리며 돌아갔다.

무례하기 짝이 없는 행동이었지만 사리안은 그 마음을 십분 이해했다.

사실 그 남자도 사리안에게 딱히 감정을 품고 있다든가 하는 것은 아니었다.

단지 그 남자의 직업은 나무꾼이었는데, 질 좋은 나무들은 대게 북쪽에서만 자랐다. 그 나무들을 베러 가기 위해선 마을 북쪽의 쉼터를 가로질러 가야 했는데, 현재 그 길목에 미치광이 소년이 난동을 부리고 있어 길이 막혀 버린 상황이었던 것이다.

결국 마을에 들어오려던 여행자나 주민들도 빙 돌아서 동쪽 입구로 들어와야 하는 번거로움을 겪고 있었으니 화가 날 만도 했던 터였다.

"엄마, 무슨 일인데그래?"

창문가에 앉아 인형을 가지고 놀던 어린 소녀 로리에는 그런 마을 주민들의 오가는 이야기에 고개를 갸웃거렸다.

사리안은 한 손을 얼굴에 감싸더니 근심 어린 표정을 지었다.

"글쎄 웬 소년이 마을 북쪽 입구 근처에서 소동을 일으키고 있다지 뭐니. 마법사인 것 같은데 뭔가 문제라도 있는 건지……."

"소년이라면 나랑 동갑이야?"

"그건 잘 모르겠네. 엄마도 직접 본 건 아니라서……. 그래도 로리에 또래의 소년이라고는 들었단다."

"흐음~"

"여하튼 마을 주민 분들이 위험하다고 하니 마을 북쪽 근처에는 가지 말려무나."

사리안은 그렇게 주의를 주며 다시금 조리를 위해 부엌으로 향했다.

그러나 로리에의 눈빛은 이미 바깥으로 향해 있었다. 묘하게 번뜩이는 눈동자로.

아니나 다를까.

공교롭게도 사리안의 똑부러지지 못한 주의는 로리에의 호기심을 자극하는 꼴이 되고 말았다.

'지금쯤이면 주무시고 계시겠지?'

사리안으로 부터 미치광이 소년에 대한 이야기를 들은 그날 밤. 잠든 척을 하고 있던 로리에는 조심스레 침대에서 몸을 일으켜 집 밖을 나왔다.

옷을 갈아입을 틈이 없어 잠옷 차림이었던 로리에는 오른손에는 토끼 인형을 안아 든 채 종종걸음으로 마을 북쪽의 쉼터로 향하기 시작했다.

소문의 미치광이 소년을 만나기 위하여.

그 이유는 간단했다.

바로 호기심 때문이었다.

로리에 때의 어린 애들이라면 누구나 가지고 있는 순수한 마음가짐.

위험하다는 말은 들었지만 그것이 자신과 비슷한 또래의 아이라니 궁금하지 않을 수 없었던 것이다.

게다가 무려 마법사라고 하지 않던가.

'과연 아빠보다 강할까?'

로리에에게 있어 자신의 아버지인 로턴은 너무나도 눈부신 존재였다.

무엇보다 강한 마력을 가지고 있진 않았지만, 정교하고 화려한 주문 실력은 독보적이라고 소문났기 때문이다.

더불어 단순히 프로티나뿐만이 아닌, 하르카 대륙을 통틀어도 로턴과 견줄 만한 존재가 없다 하여 마법사들의 우상이라 불리기도 했다.

언제고 자신도 그런 대단한 마법사가 되기로 꿈을 다짐했던 그녀.

그리고 그런 그녀에게 있어 자신 또래의 마법사가 있다는 것을 듣게 되니 두 눈으로 직접 보지 않고서는 못 배겼던 것이다.

저벅저벅.

그렇게 종종걸음으로 부지런히 향하고 있을 때였을까.

'앗.'

마을 북쪽 쉼터로 향하는 길목에서 자경단원 두 명이 보초를 서고 있는 것이 로리에의 시선에 들어왔다.

아마도 북쪽 쉼터에 있다는 미치광이 소년으로 인해 피해를 입지 않게 하기 위해 길목을 차단하고 있는 것이리라.

'분명 보내 주지 않을 거야.'

로리에는 토끼 인형을 오른팔로 껴안으며 조심스레 샛길로 돌아갔다.

그러고는 과거 마을을 활보하면서 마을 남자애들이 만들어 놨던 개구멍으로 향했다.

평소에 마을 북쪽 쉼터는 줄곧 마을 아이들의 놀이터로서 사용되었다.

그런데 워낙 밤늦게까지 노는 경우가 생기다 보니 가끔가다가 쉼터로 향하는 입구에 진을 치고 있는 부모님들이 많았던 것.

그래서 아이들이 생각해 낸 게 쉼터로 향하는 비밀 통로를 만들어 몰래 들어가 놀자는 것이었다. 그리고 그렇게 하여 탄생하게 된 것이 남자애들이 명명하기를 바로 이 '개구멍'이었다.

평소에는 개구멍 앞에 무릎까지 오는 큼직한 바위로 가려져 있었기에 먼저 바위를 걷어 내는 것이 우선인 상황이었다.

"응차!"

입을 앙다문 채 나름대로의 기합을 주는 로리에.

원래는 바위 자체로는 상당히 무거웠기에 들어 올리는 것이라면 불가능했다. 하지만 밀어서 굴리는 정도라면 어렵지 않았기에 로리에는 한참 동안의 씨름 끝에 간신히 바위를 걷어 낼 수 있었다.

"휴우."

한차례 숨을 몰아쉰 로리에는 개구쟁이 같은 미소를 지어 보였다.

뭔가 본격적이라는 느낌이 드는 것이었다.

개구멍을 통해 몸을 바짝 숙이고 쉼터 안으로 들어선 로리에는 쉼터 안에 들어서기 무섭게 왠지 모를 음산한 기운에 흠칫 몸을 떨었다.

비록 마법은 익히지 않은 그녀였지만, 로턴의 마법적인 재능을 물려받아 범상치 않은 마나의 흐름을 본능적으로 느낀 것이었다.

그것도 상당히 소름끼치고 불안정한 마나의 흐름.

그러나 그것이 마나의 흐름이란 것을 인지하지 못하는 로리에는 그저 자신이 겁을 먹었다고 생각했는지 애써 두 주먹을 불끈 쥐며 마음을 다잡았다.

'겁낼 것 없어. 평소 자주 오던 곳이잖아. 그저 조금 어두워졌을 뿐이야.'

이제 남은 것은 그 미치광이 소년이 어디 있는지 찾는 것이었지만……

"으윽. 크으으윽……"

공교롭게도 로리에는 굳이 넓은 쉼터를 뱅뱅 돌아다니면서 찾을 수고를 덜 수 있었다.

쉼터 안으로 들어서기 무섭게 한 소년의 고통에 찬 비틀린 신음이 들려왔던 것이다.

'어딘가 아픈 걸까?'

신음 소리로만 들었을 땐 어딘가 상당히 아파 보이는 듯했다.

혹시 어디 다치기라도 한 것은 아닐까.

만약 다친 것이라면 왜 마을 주민들은 오히려 미치광이라며 거리를 두려 한 것일까.

아직 그 어떤 것이든 확신하기엔 일렀기에 일단은 신음이 나는 쪽으로 접근하기 시작했다.

'여긴……'

로리에가 발걸음을 멈춰 세운 곳은 다름 아닌 나무판자로 지어진 오두막이었다.

네 개의 기둥이 지붕을 받치고 있으며 그중 벽이 하나

밖에 존재하지 않는 오두막.

주로 마을 어르신들이 더운 여름날 피서를 즐기기 위해 이 오두막을 자주 찾고는 했다.

그 외에도 가끔 마을에 들르는 여행자들이 비를 피하거나, 잠시 쉬었다가 머물러 갈 때도 있었기에, 쉼터에서 한 몫 톡톡히 해내는 곳이었다.

그 오두막의 안쪽에는 한 소년이 벽에 등을 기댄 채 몸을 웅크리고 있었다.

"아직, 아직은 때가 아닐 텐데……. 귀찮은 것, 끝까지 발악을 하려 드는구나. 크윽! 쿨럭쿨럭."

로리에는 가만히 숨을 죽인 채 살금살금 오두막에 다가갔다.

'도대체 누구랑 말하는 거지? 혼잣말?'

그러나 아무리 주변을 둘러봐도 보이는 것은 소년 한 명뿐이었다.

고개를 빠끔히 내민 채 소년을 바라보던 로리에는 잘 보니 소년이 어딘가 아파 보인다는 것을 깨달았다.

딱히 어딘가 눈에 띄게 다친 곳이 보이는 것은 아니었지만, 식은땀 하며 얼굴색이 안쓰러워 보이는 것이 확실히 환자의 얼굴 같아 보인 것이다.

"적어도 마지막으로 그녀와의 약속은 지키고 싶었는데……. 하아, 그 녀석을 내 몸 안에 두면서 나도 참 감성적으로 변하기 시작한 것 같군. 이것이 바로 변질이란 건가……."

소년은 도통 무슨 소리인지 알 수 없는 말들을 중얼거렸다.

꼬르르륵.

그러던 도중 문득 소년의 뱃속에서 위가 끓는 소리가 들렸다.

소년은 눈살을 찌푸리더니 한 손가락으로 허공에 마나를 주입하며 마법진을 그리기 시작했다.

'우와아.'

허공에 마나의 빛이 두둥실 떠오르며 마법진의 모습을 그리자 주변이 조금이나마 밝아졌다.

무엇보다 일렁이는 푸른색의 영롱한 빛은 보는 이로 하여금 시선을 사로잡을 정도였다.

마법에 대해 동경하던 로리에는 신기하지 않을 수 없었다.

그러나 그 순간!

파지지직—

갑자기 소년의 손가락에서 검은 스파크가 튀더니 허공에 그려졌던 푸른 마법진에 검은색 마나가 흘러 들어가기 시작했다.

"젠장!"

소년은 욕지거리를 내뱉으며 재빨리 왼손으로 검은 마나로 물들어 가는 마법진을 흩뜨려 버렸다. 그러고는 곧 한숨을 탁하고 쉬고서는 다시금 벽에 등을 기댔다.

"하아. 역시 지금 상태로서는 섬세한 마법은 쓰지도 못하겠군."

"저기 혹시 배고픈 거야?"

"……."

로리에의 갑작스러운 등장.

흠칫 놀라던 소년의 두 눈동자는 휘둥그레 커져 있었다.

그러나 그것도 잠시.

곧 소년은 한숨을 내뱉었다.

"하, 얼마나 정신력이 흐려졌으면 이런 꼬마애가 다가오는 것도 눈치채지 못했다니……."

마치 자신을 무시하는 것 같은 모습에 로리에는 잔뜩 볼을 부풀렸다.

로리에를 꼬마라고 했지만, 사실상 소년도 로리에와 비슷한 체격이었기 때문이었다.

결국 겉보기엔 둘 다 꼬마나 다름없는데, 꼬마 취급을 하니 기분이 나빴던 것.

로리에는 토라진 표정을 지으며 고개를 홱 돌렸다.

"흥. 그럼 이건 필요 없겠지?"

"……."

어느 샌가 로리에의 손에 들려 있는 손바닥만 한 쿠키.

로리에가 들고 있는 토끼 인형은 겉으로는 인형이었지만 안에는 물건을 수납할 수 있는 공간이 있었던 것이다.

무엇보다 로턴이 직접 제작해 준 인형이었기에 음식물을 넣을 경우 부패하지 않도록 마법이 걸린 인형이었다.

꼬르르륵.

그리고 다시 한 번 들려오는 소년의 배곯는 소리.

정말 기막힌 타이밍이랄까.

멋쩍은 표정이 된 소년은 다소 상기된 얼굴로 슬쩍 시선을 피하더니 손을 내밀며 말했다.

"하나만 줘봐."

"뭐라는지 잘 안 들리는데?"

"하나만 달라니까."

"건방져서 마음이 바뀌었어. 그냥 안 줄래."

"주세요……."

"진작 그랬어야지."

그것이 바로 로리에와 테리언의 첫 만남이었다.

*   *   *

그날 이후부터 로리에는 꾸준히 쉼터를 찾아갔다.

매번 로리에가 찾아가면 테리언은 늘 쉼터에서 양반다리를 한 채 명상을 하고 있었다.

처음에는 마을 사람들 사이에선 난폭하다니 미쳤다니 별별 이야기가 오고 갔지만 사실 그건 다 허황된 이야기였다고 로리에는 믿었다.

물론 처음엔 테리언이 다소 까칠한 면이 있긴 했지만, 은근히 아이다운 면도 있어 그럴 리 없다고 판단한 것이다.

사실 로리에가 이렇게 낯선 소년에게 위험을 감수하면서까지 친해지려고 한 것에는 다 이유가 있었다.

로리에는 로렌스카 마을 내에서도 천재 마법사라 불리는 로턴의 딸이라는 이유로 상당히 귀한 대접을 받고 자랐다.

다소 과장까지 얹어서 표현하자면 로렌스카 마을 내에서 로리에는 귀공녀 같은 존재였다.

무엇보다 과거 프로티나 왕국 전역에서 들고 일어난 반란의 폭동 사건 때문에 나라가 뒤숭숭하던 때, 폭도들에 의해 위험에 처했던 로렌스카 마을을 로턴이 단신으로 지켜 낸 적이 있었다.

그 사건 이후로 로턴네 가족은 마을 내에서도 상당수에게 귀빈 취급을 받았었다.

하지만 그것은 오히려 로리에에게 있어서는 독이 되고

말았다.

세상에는 범접하기 힘든 대상과 만나게 되면 동경심과 동시에 두려움이 생기기 마련이다.

한 번은 로리에가 마을 아이들과 놀던 도중 세와드라는 아이가 실수로 로리에를 넘어트리는 바람에 무릎에 상처를 낸 적이 있었다. 그 후 그 사실을 알게 된 세와드의 부모는 세와드를 크게 나무랐다고 한다.

공교롭게도 세와드의 부모가 과거 반란의 폭동이 일던 당시 로턴에 의해 기적적으로 살아나 은혜를 입었던 가족이었던 것이다.

무엇보다 그 당시 세와드를 임신하고 있었던 그의 어머니에게 있어선 무엇보다 로턴에게 크게 감사해하고 있었다.

실수였는지 장난이었는지는 모른다.

하지만 그 세와드 사건 이후로 마을 아이들은 로리에를 점차 멀리하기 시작했다.

그 이유는 이러했다.

아이들 사이에서 로리에는 '함부로 대했다간 큰 코 다치는 존재', '괜히 가까이 했다가 실수라도 했다간 혼날 수도 있는 존재' 등으로 인식되어 갔던 것이었다.

그리고 어느 샌가 로리에는 외톨이가 되어 있었다.

괜히 꼬투리를 잡히면 부모에게 혼날까 봐 노골적으로 로리에를 싫어하는 아이들은 없었다.

단지 근처에 다가가면 아이들이 꺼려하는 모습을 보는 것만으로도 로리에는 자신이 어떤 상황에 처했는지 깨닫게 되었다.

그 후로부터 늘 로리에는 일상을 집에서만 보내거나 바깥에서 논다 하더라도 볼일만 보고 금방 들어오게 되는 처지가 되어 버렸다.

따지고 보면 그녀가 마법에 관심을 가지게 된 것도 로턴이 천재 마법사로서 불리었단 이유라기보다는 자신의 여흥을 위해서이기도 했던 것이다.

더 이상 같이 마음 터놓고 놀 친구가 사라졌기 때문에…….

그러던 어느 날.

우연히 소문으로 인해 미치광이 소년, 테리언을 만나게 되었다.

처음엔 모두가 위험한 존재라며 기피했지만, 외톨이었던 로리에에게는 일종의 절호의 찬스였던 것이다. 적어도 테리언이라면 다른 마을 아이들처럼 자신을 꺼려 하지는 않을 테니까.

그리고 하루이틀이 지나고, 어느 샌가 일주일이란 시간이 흘렀을까.

로리에는 꾸준히 테리언과 만나면서 주변에게 테리언이 위험한 존재가 아니라는 것을 입증해 주었다.

뒤늦게 로리에가 미치광이 소년과 만난다는 것을 깨달은 사리안도 처음엔 걱정했지만 전보다 훨씬 밝아진 표정을 짓는 로리에의 모습을 보고서는 괜찮겠지 싶었다.

"테리언은 몇 살이야?"

그렇게 서로 통성명까지 할 정도로 친해졌을 어느 무렵, 로리에는 평소와 늘 똑같이 명상을 하고 있는 테리언에게 물었다.

"글쎄…… 전생까지 다 합친다면 아마 꽤 많겠지만……. 현생의 나이를 말하자면 12살 정도려나."

중간에 의미심장한 말을 하기도 했지만 로리에는 그러려니 하고 넘어갔다.

테리언과 대화하면서 저런 이상한 소리를 한 적이 한두 번이 아니었으니까.

"난 10살인데……. 그럼 테리언 오빠라고 불러도 돼?"

"좋을 대로 부르든가."

그리고는 다시금 눈을 감으며 명상을 하는 테리언.

로리에는 무엇이 즐거운지 그저 입가에 미소를 그린 채 테리언을 바라볼 뿐이었다.

비록 겉은 무심하게 대하는 듯해도 로리에는 테리언과 지내면서 그가 인정이 없지 않다는 것을 알고 있었던 것이었다.

그리고 그 다음 날.

오늘도 어김없이 테리언이 머무르는 쉼터에 찾아간 로리에는 테리언이 없어졌다는 것을 깨닫고는 당황하며 쉼터를 샅샅이 찾아보기 시작했다.

슬슬 정이 들려던 찰나였는데 갑자기 사라지니 서운한 마음이 잔뜩 들었던 것이다. 무엇보다 모처럼 마음 편히 대할 수 있는 또래 친구였지 않았던가.

하지만 한참을 찾아도 테리언은 발견할 수 없었다.

결국 울상이 된 로리에가 다시금 오두막으로 돌아왔을 때였을까. 놀랍게도 언제 그랬냐는 듯 테리언은 늘 있던 그 자리에 앉아 있었다.

"테리언 오빠!"

결국 떠나간 것이 아닐까 생각하고 포기하려던 찰나 테리언과 만나게 되니 로리에는 무언가 울컥하는 기분이 들었다.

괜히 사람 마음을 들었다 놓았다 하는 것이 아닌가.

화가 나기도 했지만 로리에는 어느새 테리언에게 달려가 와락 품에 안기고 있었다. 아마 평소였다면 늘 똑같이 무심한 표정으로 넘어갔었을 테리언이었지만…….

"왜 그래? 무슨 일이라도 있었어?"

싱긋 미소 지으며 로리에의 머리를 쓰다듬는 테리언.

아마 그때부터였을 것이다.

테리언이 달라지기 시작한 게.

그러나 어렸을 적의 로리에는 테리언이 달라졌다는 것을 인지하지 못했다.

오히려 점점 자신에게 마음을 열어 준 것이라고 생각한 로리에는 더할 나위 없이 기쁠 따름이었다.

그렇게 차츰차츰 변해 가기 시작하던 테리언에게 있어서 결정적인 날은 바로 그날의 일이었다.

"로, 로리에⋯⋯. 어⋯⋯ 어서 도, 도망⋯⋯."

"오빠아아아아!"

불길에 휩싸인 집에서 자신을 구해 주려던 테리언이 무너지던 지붕의 잔해에 머리를 맞았던 날.

뒤늦게 도착한 로턴의 도움으로 인해 기적적으로 살아날 수 있었지만 그 이후로 로리에는 더 이상 테리언과 만나지 못했다.

"수도로 이사를 가야겠구나."

로턴은 자신이 너무 일에만 치중한 나머지 가정에 소홀해진 것이 문제였다고 생각했는지 아예 수도로 이사를 가자는 제안을 해 버린 것이었다.

이사 자체는 문제가 없었지만, 로리에는 무엇보다 테리언을 만나고 싶었다.

하지만 어째서인지 로턴은 모종의 이유로 테리언과 만나지 못하게 했고, 언젠간 다시 만날 수 있으란 말만을 반복할 뿐이었다.

그렇게 화재 사건 이후로 로렌스카 마을을 떠난 로리에
는 프로티나 왕국의 수도 가르반으로 이사를 오게 되었다.

  그리고 세월이 흘러……

  프로티나 아카데미에 입학하고 예전의 꼬마 아가씨가
아닌 어엿한 숙녀가 된 로리에였지만 언제나 그녀의 마음
속 한편에는 테리언이 자리 잡고 있었다.

  언제고 다시 테리언과 만날 날을 기약하며…….

  지난날의 은혜에 꼭 보답하리라는 다짐과 함께.

                *   *   *

  보름간의 기나긴 여정을 끝으로 마침내 도착한 엘도흐
제국의 국경. 그러나 이제 막 국경에 다다른 것일 뿐이었
고 도착지인 가르네스 백작의 소유인 알바토에 도착하려
면 서너 시간이 더 필요한 상황이었다.

  "그럼 우리는 여기서 작별하도록 하지."

  공교롭게도 국경에서부터는 가르네스 백작의 알바토와
엘도흐 제국의 수도와 가는 방향이 틀렸다.

  레이시라 일행은 엘도흐 제국의 수도에 가야 하는 처지
였기에 결국 작별해야만 했다.

  다가닥다가닥.

  "……"

테리언은 떠나가는 레이시라 마차를 보며 착잡한 심정을 느꼈다.

평소에도 워낙 조용한 성격에 주변에서 불편함을 느끼곤 했지만 테리언은 무엇보다 특히 불편한 마음을 느낄 수밖에 없는 대상이었다.

'나는 도대체 뭘까?'

그날 꿈속에서 자신을 테리어드라 칭한 소년과의 대화는 테리언을 가장 고심에 빠지게 만든 요소였다.

처음에는 무슨 소리인가 싶었다.

하지만 주변의 이상 행동과 레이시라와의 묘한 거리감, 특히 이사장실에 들어갔던 당시 원인을 알 수 없는 이유로 기절하기 전에 들려왔던 기묘한 대화들.

이를 통해 테리언은 한 가지 섬뜩한 사실을 느끼고 있던 바였다.

바로 테리어드가 언급했던 복제 인격.

'이상하게 느꼈던 거리감이란 그런 것 때문이었나?'

그 당시 이사장실에서 오고 갔던 대화 중 유독 생생하게 기억에 남아 있는 것이 하나 있었다.

의식이 얼마 남자 않았다는 말이었다.

'도대체 무슨 의식을 뜻하는 거지?'

그날 이후 세이라는 보이지 않았으며, 데니크는 말하기를 꺼려 하고, 레이시라는 거리를 두고 있다.

분명 무언가 심상치 않은 일이 일어날 것이란 예감이
들었다.

"싫다! 더 이상 인원을 수용할 공간은 남아 있지 않
아!"

"하지만 황녀님……."

"내가 싫다는데 무슨 반박을 하려는 거야? 싫다면 싫은
거다!"

그때 세니츠 일행의 마차 쪽에서 세니츠와 아젤리카가
실랑이를 벌이는 소리가 들려왔다.

그들이 실랑이를 벌이는 이유는 간단했다.

레이시라 일행의 마차에 타고 있던 제네시드와 로리에
는 레이시라 일행과 길이 엇갈리게 되면서 어쩔 수 없이
내려야 했다. 그래서 세니츠의 마차에 올라타려 했는데
세니츠가 완강히 거부하고 있던 것이었다.

세니츠의 마차가 꽤 많은 인원을 수용할 수 있는 크기
였기에 사실상 제네시드와 로리에가 올라선다 하더라도
큰 문제는 없었다.

그러나 황녀인 세니츠에게 있어선 자신의 자리가 좁아
진다는 점이 불만이었는지 크게 반대하고 있었다.

레이시라 마차가 떠나가는 모습을 지켜보던 테리언은
뒤늦게 그들의 곁에 다가와 물었다. 그러자 아젤리카의
옆에 서 있던 네이젠이 대답했다.

"무슨 일이야?"

"아, 그게 황녀님이 더 이상의 합승은 불가능하다고 하셔서."

"그래?"

테리언은 세니츠의 마차를 쓱 훑어보더니 다소 황당한 표정을 지었다.

적당히 당겨 앉으면 두 명이 아니라 족히 다섯 명까지 여유롭게 들어갈 공간이 있었기 때문이었다.

"그럼 어떻게 할 건데?"

"글쎄. 아젤리카, 네 생각은?"

네이젠이 아젤리카를 바라보며 묻자 아젤리카가 한 차례 세니츠를 바라보았다.

평소처럼 아무런 감정도 느껴지지 않는 무덤덤한 표정.

그러나 눈치 좀 있는 사람이 본다면 그 표정 속에 무언가 의미가 내포된 눈빛임을 눈치챌 수 있었다.

보통 아젤리카를 아는 이들이라면 움찔할 법도 한 그런 눈빛이었지만, 세니츠는 뭘 보냐는 듯 '흥' 하면서 고개를 돌려 버렸다.

더 이상 말할 것도 없다는 완강한 태도.

사실 세니츠가 저러는 데에는 다 이유가 있었다.

바로 로리에와 제네시드가 가장 테리언과 연관이 있었던 인물이었기 때문이었다.

더불어서 아카데미 스카우트 일행 중에서도 독보적인 미모를 자랑하는 소녀가 로리에와 제네시드이기도 했다.

여자들이 서로 미워하는 대표적인 이유가 외모라는 말도 있지 않은가.

특히나 테리언을 파트너로 삼으려고 했던 세니츠에게 있어서 로리에와 제네시드는 은근히 방해 요소가 컸던 터였다.

그런 존재가 같은 마차에 타겠다고 하니 불쾌한 심정을 느꼈던 것.

그 사실을 알 리 없는 로리에와 제네시드는 그저 어쩔 줄 몰라 쭈뼛거릴 뿐이었고, 네이젠과 테리언도 어떻게 대처해야 할지 당황했다.

결국 잠시 상황을 지켜보던 아젤리카는 끝내 어깨를 으쓱이며 말했다.

"황녀님이 안 된다면 어쩔 수 없지."

"그럼 어떻게 하게?"

"어차피 엘도흐 제국의 국경까지는 도착한 상황이다. 조금 시간이 걸리는 게 문제이긴 하지만 방법이 아예 없는 것도 아니야."

"방법이 있다고?"

아젤리카는 고개를 끄덕이며 해결책을 설명했다.

관문소를 지나고 1시간만 더 마차를 타고 가면 텔레포

트 게이트를 이용할 수 있는 지역이 있다고 했다. 그때까지 어떻게든 부대끼고 앉아서 간 후, 도착하면 텔레포트 게이트를 타고 알바토 지역까지 가자는 것이었다.

엘도흐 제국은 워낙 방대한 영토를 자랑하기에 편의 시설 면에선 굉장히 손을 많이 썼다고 했다.

그렇기에 웬만한 거점에는 대게 텔레포트 게이트가 마련되어 있었고, 그걸 타고 이동하자는 게 아젤리카의 계획이었다.

문제는 비용이었다.

가장 탁월한 이동 수단이지만 그만큼 어마어마한 비용이 든다.

더불어 텔레포트 게이트는 단체 할인 같은 개념도 없었기에 네이젠은 비용 걱정이 되지 않냐고 물었다.

"어차피 전부 이사장님 명의로 지불하면 돼."

"하지만 그러면 이사장님이 곤란하실 텐데?"

"우리와는 관계없는 일이다. 애초에 돈 아끼려고 저런 좁아 터진 마차를 마련한 것부터가 문제다. 인원수가 늘어났으면 그에 응당 하는 마차를 준비해 주는 건 당연한 것 아닌가?"

"아젤리카, 오늘따라 은근히 감정적이네."

"난 언제나 냉정할 뿐이다."

사실 돈을 아끼려 했다기보다는 세니츠의 마차가 컸기

에 세이라가 일부러 마차를 추가로 준비하지 않았을 뿐이었다.

딱 봐도 나눠 탈 수 있을 듯 보였고 같은 길을 갈 처지니 당연히 태워 주리라고 생각했기 때문.

애초에 아카데미 스카우트는 아카데미의 자랑이었기에 부활동 중에서도 가장 전폭적인 지원을 받는 곳이었다.

아카데미 스카우트 부실을 따로 만들어 주었을 정도니 말 다한 셈이었다. 그런데 돈을 아낀다니 뭐니 하는 건 오히려 실례적인 발언이 아닐 수 없었다.

단지 아젤리카가 심통을 부리는 이유는 끝내 세이라가 숨기고 있는 비밀을 말해 주지 않았기 때문일 뿐이었다.

그날 무도회장에서 일어난 소동, 거기에 분명 무언가 있으리라 느꼈지만 세이라는 끝내 중요한 사실만은 말해 주지 않았으니까.

결국 네이젠은 어쩔 수 없다는 듯 한숨을 쉬며 말했다.

"뭐, 그럼 어쩔 수 없나. 텔레포트 게이트에 도착하기 전까지만 어떻게든 해 보는 수밖에."

"자리가 워낙 없으니 한 명은 어떻게든 마부석 옆에 앉고, 나머지는 무릎 위에 앉게 하는 식으로 가야 되겠군."

그렇게 슬슬 의견이 정리되면서 해결될 기미가 보이기 시작하자, 먼저 타고 있던 칼리가 세니츠를 향해 고개를 꾸벅 숙여 보인 후 먼저 마차에서 내렸다.

아카데미 스카우트 일행인 이상 같이 움직여야 했기 때문.

그렇게 클레첼과 네리도 내리려는 기미가 보이자 세니츠가 움찔하더니 다급히 입을 열었다.

"어, 어이. 잠깐만!"

"왜 그러시는지요."

"크흠. 새…… 생각이 바뀌었다. 따지고 보면 남녀들이 저런 비좁은 마차에 타는 건 좀 문제가 있지."

"그럼 어떻게 하실 생각이신지요?"

아젤리카가 묻자 세니츠가 기다렸다는 듯 입꼬리를 올리며 누군가를 향해 손가락을 치켜들었다. 그 가리킨 방향은 다름 아닌 테리언.

그로 인해 모든 이들의 시선이 집중되자 방심하고 있던 테리언이 흠칫 놀라며 어안 벙벙한 표정을 지었다.

"응? 나?"

"그래, 바로 너! 만약 네가 내 파트너가 되어 주겠다면 전원 내 마차에 타는 걸 허락해 주도록 하지!"

"그, 그건!"

파트너란 말에 테리언이 깜짝 놀라며 거부 의사를 밝히려고 했다.

안 그래도 세니츠는 무도회 이후로부터 계속 파트너가 되어 달라며 조르고 있었다. 그러나 테리언에게 있어선 아직 엘도흐 제국의 황가들과 만나기 껄끄러운 면이 있었기에 최대한 피할 생각이었던 것이다.

그러나 아젤리카가 먼저 고개를 끄덕이면서 선수를 쳤다.

"흠. 나쁘지 않은 조건이군요."

"잠깐만! 본인의 의사는……."

"그래, 테리언. 네가 부담스럽다는 건 알지만 어떡하겠어? 저 비좁은 마차에 남녀랑 같이 타는 건 여자들에게 있어서 실례잖아? 게다가 황녀의 파트너라니 이건 두 번 다시 오지 않을 좋은 기회라고? 좋은 경험한다 생각해, 응?"

"으윽……."

네이젠까지 나서서 무언의 압박을 가해 오자 테리언은 궁지에 몰린 쥐 마냥 어쩔 줄을 몰라 했다.

그렇게 찰나의 실랑이가 오고갔고 결국 테리언은 졌다는 듯 고개를 푹 숙였다.

아젤리카는 그런 테리언의 어깨에 손을 얹으며 세니츠를 바라보았다.

"결정인 것 같군요. 그럼 황녀님, 잘 부탁드리겠습니다."

Chapter.4
약속

"우와! 사람이 무진장 많아!"

클레아는 마차 너머로 보이는 마을 시장의 풍경에 벌어진 입을 다물지 못했다.

클레첼과 네리 역시 들뜬 표정을 감추지 못하고 있었다.

아직 엘도흐 제국 안에는 들어가지도 않았는데 이미 변두리 지역의 마을에서부터 성대한 축제 분위기가 펼쳐지고 있었던 것이다.

현재 테리언 일행이 지나치고 있는 곳은 아탈린 마을로서 알바토로 가기 위한 마지막 관문인 지역이었다.

비록 국경선에 인접한 변두리 마을이라서 예상했던 것만큼 큰 규모의 축제는 아니었지만, 시골 지역 출신인 이

들에게 있어선 이것만으로도 엄청난 규모가 아닐 수 없었
다.

"흐흥…… 아직 여기에서부터 놀라면 곤란하다고. 수도
권에 가면 아예 눈코 뜰 사이도 없을 정도로 눈이 바빠질
테니까 말이야."

그래도 명색의 자기 나라여서 그런 거였을까.

세니츠는 자부심 가득한 표정을 지으며 잔뜩 어깨를 피
는 시늉을 보였다.

한편, 이미 전례가 있던 아카데미 스카우트의 원년 멤
버들은 다소 무덤덤한 표정이었다.

그런데 처음일 텐데도 불구하고 테리언은 어째서인지
영 시원찮은 얼굴을 하고 있었다.

무엇보다 이 날을 손꼽아 기다려 오던 테리언이 아니었
던가. 그런 그가 저렇게 침울하게 있으니 신경 안 쓸래야
안 쓸 수가 없었던 것이다.

결국 보다 못한 네이젠이 그의 어깨를 툭툭 건드리며
물었다.

"왜 그래, 테리언? 그런 뚱한 표정 지어가지곤."

"아니. 그냥……."

테리언이 만사가 귀찮다는 투로 대답하자 네이젠이 스
윽 고개를 가까이 내밀어 속삭였다.

"설마 아까 그 일로 아직까지 삐져 있는 건 아니겠지?

부담이 되는 건 이해하지만 그만큼 황녀님에게 인정받았다는 거잖아? 생각해 보면 좋은 의미라고?"

"하아. 그런 것 때문에 그런 거 아니라고."

차마 마음속에 품고 있는 사실을 말할 수는 없었기에 테리언은 그저 귀찮다는 투로 대답할 따름이었다.

어지간해선 황녀와 엮이는 건 피하고 싶었던 그였다.

그런데 상황을 몰고 가는 바람에 결국 파트너가 되어버린 탓에 영 마음이 편치 않았던 것이다.

'하지만 이것도 운명이라면 받아들여야겠지.'

위기 속에 기회가 있다고 하던가.

테리언은 어쩌면 엘도흐 제국의 황가들과 만남을 통해 중요한 무언가를 깨닫게 되지 않을까 내심 생각하고 있다.

단지 그것이 반강제적으로 이루어진 것이 마음에 들지 않았던 것일 뿐.

그래도 결국 언젠가는 부딪혀야 할 벽인 셈이었다.

"황녀님. 알바토에 가기 전에 여기서 잠시 쉬었다 가는 건 어떻겠습니까?"

팔짱을 낀 채 바깥 풍경을 곁눈질하던 아젤리카가 세니츠를 바라보며 묻자 세니츠가 의아함이 담긴 시선을 보내왔다.

곧 있으면 다 도착하는데 굳이 왜 여기서 쉬고 가자는

듯한 눈빛이었다.

그 시선을 눈치챈 아젤리카는 곧장 말을 이었다.

"다들 오랜 여정으로 지쳐 있습니다. 사실 보름이란 시
간이 여행을 많이 해 본 숙련자들에게 그리 긴 시간은 아
닐지 모르겠으나 여기 있는 사람들은 대다수가 학생이니
까요."

"흐음."

"게다가 알바토에 도착하면 본격적으로 호위 의뢰를 해
야 하는데, 컨디션이 난조일 경우 여러모로 곤란해집니
다."

"그런 문제점도 있겠구나. 그럼 오늘 하루는 여기서 머
물고 가도록 하지."

처음 도착 예정 일자는 보름이긴 했지만, 이건 어디까
지나 최선의 일자일 뿐이었다.

여행에는 다양한 변수가 있을 수 있기에 보통 기간을
잡아 놓으면 추가적으로 2~3일 가량 여유 기간을 갖는
것이 보통이었다.

즉, 엘도흐 제국의 황녀들과 합류하기로 한 날까지는
아직 이틀 남짓의 여유가 있다는 상황.

결국 아탈린 마을에서 쉬기로 결정한 테리언 일행은 세
니츠를 모시고 있는 시중들의 도움 하에 최적의 휴식을
취할 수 있다는 에스톤 여관에서 묵을 수 있게 되었다.

"그런데 정말 이래도 되는 거예요?"

"뭐가?"

여관에 들어서던 테리언은 얼굴에 황당함을 지우지 못한 채 세니츠를 바라보여 물었다.

세니츠는 무슨 문제라도 있는 듯 고개를 갸웃거릴 따름이었지만 테리언으로선 정말 황당하기 그지없었다.

그도 그런 것이……

"아니, 여관에 묵는 건 좋은데 통째로 빌리는 건 무슨 짓이에요? 그것도 기존에 묵던 사람들까지 다 내쫓아 버리다니!"

정말이었다.

방금 전까지만 해도 사람들로 북적이던 에스톤 여관은 시중이 여관 주인에게 뭐라고 속삭이자 순식간에 모든 손님을 전부 내쫓아 버린 것이었다. 심지어 방에서 잠들어 있던 손님들마저!

그렇게 얼이 빠져 있는 테리언의 옆에 네이젠이 은근슬쩍 다가와 속삭였다.

"그냥 그러려니 해. 저 황녀님도 겉보기엔 어린애 같아도 명색의 나라의 공주잖아? 그런 공주가 서민들이 머무는 여관에서 같이 산다면 체면이 어떻게 되겠어?"

"거기 덩치 큰 남자! 다 들리거든!"

"헉, 소, 송구합니다."

사실 그런 이유가 아니더라도 황녀가 서민 여관에 머무르는 것 자체만으로도 체면이 서지 않다고 볼 수 있었다.

다만 이의 경우엔 아카데미 스카우트도 동행하고 있었으니 어쩔 수 없었던 것이었을 뿐. 다들 여관에서 편히 쉬는데 혼자서 행동을 달리 취하는 것도 좀 그렇지 않은가.

어쨌거나 저쨌거나, 여관을 통째로 빌리게 된 테리언 일행은 각기 편한대로 방을 잡기로 했다.

어차피 여관 전체를 빌린 이상 어느 방을 쓰든 상관없는 상황. 그러나 대부분 일행은 전부 2층의 방을 자리 잡았다.

이왕이면 마을 축제 상황을 지켜볼 수 있도록 경치 전망이 좋은 2층이 탁월했기 때문이었다.

방이 워낙 많다 보니 각각 1인실을 사용, 테리언 역시 적당한 방에 들어간 후 침대에 털썩 드러누웠다.

보름간 어디 거치거나 머물지도 않고 여행을 했다.

쉬더라도 마차에서 쉬는 것이 대부분이었기에 피로가 누적된 상황이었던 것이다.

특히나 테리언은 자신의 정체성에 대해 마음고생이 심했던 터라 침대에 눕자마자 그동안 쌓였던 피로가 확 올라오는 기분이 들었다.

'어차피 황녀 일행과 만나면 쉴 틈도 없을 거야. 지금이라도 좀 자 두자.'

눈을 감은 테리언은 마침 몰려오는 피로감을 그대로 받아들이며 막 잠에 들려던 참이었다.

"으으. 오랜 여정을 해서 그런 지 불쾌한 냄새…… 혹시 여기 목욕물도 있나요?"

"네, 있어요. 지금 대령해 드릴까요?"

"부탁드릴게요."

옆방에서 로리에의 목소리가 들려왔다.

거기까진 좋았는데 목욕이라는 소리에 테리언은 왠지 모르게 몰려오던 피로감이 묘하게 가시는 듯한 기분을 느꼈다.

'으으. 왜 이러지? 빨리 자자, 이때 아니면 나중에 쉴 시간도 없을 거야.'

애써 베개를 뒤집어쓰며 잠을 청하려고 했지만……

벽 너머로 들려오는 찰랑거리는 물소리와 함께 이윽고 '쿠웅' 하는 소리가 로리에의 방에 들려왔다. 아무래도 여관의 종업원이 목욕물을 가져온 듯싶었다.

"옷은 어떻게 해 드릴까요? 세탁해 드릴까요?"

"그렇게 해 주시면 감사해요."

"네, 알겠습니다!"

"아차, 등 밀어 드릴까요?"

"아뇨……. 그건 사양할게요."

"혹시 필요한 것 있으시면 저기 탁상 위에 있는 벨을

울려 주세요. 언제든지 달려올게요!"

뭐랄까, 여관 전체를 빌리면서 세니츠가 어지간히 돈을 많이 냈던 탓이었을까.

여관 종업원의 목소리에서 잔뜩 활기가 느껴졌다.

하기야 이해가 가지 않는 것도 아니었다.

다른 손님들에겐 다소 민폐적인 행동이긴 하나, 이 여관 전체를 빌리는데 그냥 빌렸을 리가 없다.

분명 그에 응당 하는 값을 지불했을 터.

더불어 황녀가 들렀다 간 여관이라 하면 금방 입소문을 탈 것이니 여관에 있어선 나쁠 것이 없을 테니까 말이다.

'그런데 왜 이렇게 신경 쓰이지.'

테리언은 애써 뒤척이며 잠에 들려고 했지만, 어째서인지 좀처럼 잠이 오질 않았다.

방금 전까지만 해도 피로감으로 인해 막 쓰러지기 일보 직전이었는데도.

"하윽. 뜨거워……."

그때 로리에의 방에서 신음 소리가 들려왔다.

로리에는 그저 물이 뜨거운 나머지 반사적으로 튀어나온 신음이었지만, 테리언은 괜스레 움찔하며 얼굴이 달아오르기 시작했다.

평소라면 신경 쓰지 않을 테리언이었다.

하지만 무도회장 사건 이후 기억의 일부를 되찾고 나서

부터는 어째서인지 여자들과 관련되면 묘한 흥분감이 들고 있었다.

기분 나쁘지는 않는데 어딘가 끼워 맞춘 듯한 어색함이 드는 감정.

"물이 좀 뜨겁네. 그렇다고 다시 식혀 달라고 하기도 미안하고……. 그냥 들어갈까."

그렇게 중얼거리는 목소리와 함께 스르륵하며 옷을 벗는 소리가 들려왔다. 문제는 그 옷을 벗는 소리가 테리언의 마음을 심란하게 만들고 있다는 것이었다.

별달리 야릇한 생각 같은 건 하지 않았던 테리언이었지만 본능적으로 심장이 쿵쾅거리는 것만은 어찌할 수가 없었다.

'으으. 신경 쓰여서 잘 수가 없잖아!'

결국 이불을 걷어차고 일어난 테리언은 축제 구경이나 할 겸 마을을 둘러보기로 결심했다. 오늘 하루 동안은 여관 내에서 멀리 떨어지지 않는 한도 내에서 자유 활동이라 했으니 큰 문제는 없으리라.

그런데 막 방문을 열었을 때였을까.

"얘, 가만히 좀 있어!"

"빨리 마을 구경하고 싶단 말이야!"

"그러니까 목욕 끝나고 가자니까!"

때마침 맞은편 방 안에서 클레첼과 클레아가 옥신각신

하는 소리가 들려왔다.

테리언은 가장 먼저 방에 자리 잡았던 상황이었기에 어느 방에 누가 들어갔는지 모르던 상황.

'방은 많을 텐데 일부러 같이 사용하는 건가?'

하긴 클레아는 아직 어렸기에 클레첼의 세심한 배려가 필요할 터였다.

뭔가 연상되는 이미지가 엄마와 딸 같다는 생각이 드니 저도 모르게 쿡 하고 웃음을 터져 나왔다.

"앗! 오빠?"

"응?"

그때 문 너머로 클레아의 목소리가 들려왔다.

마치 테리언을 지칭하는 듯한 말투에 테리언은 흠칫 놀랐다.

분명 문에 가려져서 보이지 않았을 터인데 어떻게 자신이 문밖에 있다는 것 알았단 말인가? 게다가 문을 열 때도 그다지 인기척을 내지 않았을 텐데 말이다.

그러나 테리언이 상황을 깨닫기도 전에 방문이 벌컥 열렸다.

그리고 열린 문으로 긴 머리카락으로 인해 중요 부위가 아슬아슬하게 가려진 알몸의 클레아가 테리언을 향해 와락 안겼다.

당황한 테리언이 벗어나려고 해 보았지만 어찌 된 영문

인지 꼼짝도 하질 않았다.

그럴 수밖에 없는 것이 클레아는 작은 체구라 할지라도 클레첼의 신체 강화술의 영향을 받았기에 완력이 상당히 강한 편이었다.

다른 호문쿨루스들처럼 벽돌을 맨손으로 깨부술 정도는 아니었지만, 온 힘을 준다면 사람 뼈 으스러트리는 건 일도 아닌 클레아였다. 그런 클레아가 힘껏 안고 있었으니 당해 낼 도리가 없었던 것이다.

한편 클레아는 테리언이 당황한 것을 알기나 하는지 천진난만한 미소를 지어 보이며 초롱초롱한 눈빛으로 테리언을 올려다보았다.

"오빠, 어디 가는 거야?"

"어? 나…… 난 그냥 마을이나 좀 구경하려고 하던 참이었는데……."

"그럼 나도 갈래!"

"아니. 그 이전에 옷부터 제대로 입어야……."

그 순간!

"얘! 멋대로 뛰쳐나가면 어떻게 하……."

"……."

뒤늦게 클레아를 붙잡기 위해 달려 나왔던 클레첼은 테리언과 시선이 마주치자 표정이 얼어붙었다. 클레아는 그나마 머리를 엉덩이를 가릴 정도로 길게 기른 편이었기에 아슬아슬하게 가릴 수 있었지만 클레첼은 아니었다.

애초에 격투 계열에 있어서 긴 머리는 방해되는 터였기에 늘 짧은 머리를 선호했던 클레첼.

게다가 급하게 나왔던 것이었는지 가리는 것도 없었던 그녀였다.

더불어 운동을 하는 만큼 몸매는 이루 말할 수 없을 정도로 완벽한 상황.

게다가 물기에 젖어 촉촉해진 피부까지!

그런 매끈하고 탄력 있는 몸매가 테리언의 시야에 숨김 없이 드러나고 있었다.

"어, 그게⋯⋯."

"우⋯⋯ 우우. 우으으으⋯⋯."

사실 테리언이 이런 상황을 겪은 게 처음은 아니었다.

아카데미 스카우트 부실에서 활동하던 당시에도 이런 해프닝을 자주 겪었지만, 그때의 테리언은 너무나 당당했다.

뭐랄까, 아무것도 모르는 순진무구한 소년이라는 느낌이 강했다고 해야 할까.

무엇보다 그 당시엔 클레첼만이 아닌 네리와 칼리가도 있었기에 부끄러움이 덜했지만⋯⋯.

"꺄아아악!"

퍼억―!

테리언은 눈 깜짝할 새 다가오는 클레첼의 주먹을 마지

막으로 시야가 번쩍하며 그대로 끌까닥 기절해 버렸다.

*　　*　　*

아탈린 마을에 아름다운 황혼이 흩뿌려지고 있었다.

비록 시골 지역이었지만 아탈린 마을에는 생기가 흘러 넘치고 있었다.

다들 축제 분위기에 한껏 들떠 있었고, 그것은 외부인이 보더라도 기분 좋은 모습이 아닐 수 없었다.

"저기, 그러니까 미안하다니까……."

"……."

"……?"

왁자지껄한 시장의 길거리에 테리언과 클레첼, 그리고 그 사이에 클레아가 나란히 걷고 있었다.

테리언은 잔뜩 볼을 부풀린 클레첼을 향해 연신 사과하고 있었지만, 클레첼은 좀처럼 표정이 풀어질 생각을 하지 않았다.

정작 원인 제공을 한 클레아는 그런 둘을 보고 검지를 턱에 괴며 고개를 갸우뚱할 뿐이었다. 그러다 무언가 좋은 냄새를 맡았는지 코를 킁킁거리더니 이윽고 클레첼의 치맛자락을 잡아당기며 어느 노점상을 가리켰다.

"언니, 나 저거 사 줘!"

"응?"

클레첼의 치맛자락을 잡아당기며 가리킨 노점상을 바라보니 다름 아닌 꼬치구이 장사를 하는 곳이었다.

다양한 종류의 꼬치구이를 팔고 있었는데 육질이 좔좔 흐르는 것이 정말 군침이 절로 돌게 만드는 것들뿐이었다.

"그럼 하나 사 먹으러 갈까?"

"으응!"

클레아가 싱긋 웃으며 말하자 클레아의 표정이 활짝 펴졌다.

"어서 옵쇼! 무엇을 드릴까요?"

노점상 앞에 도착하자 꼬치구이를 팔고 있던 중년의 남자가 손을 싹싹 비비며 사람 좋은 미소를 지었다.

클레첼은 개인 사비를 통해 꼬치구이 두 개를 구입했다.

노점상 주인에게 꼬치구이를 받아 든 클레첼이 고개를 숙여 클레아에게 건네 주자 신이 난 클레아는 받아 들기 무섭게 물어뜯기 시작했다.

그 모습을 바라보며 빙그레 미소 짓던 클레첼은 돌연 고개를 돌려 멍하니 서 있는 테리언을 힐끗 쳐다보았다.

"넌 안 먹어?"

"아니, 난 그냥……."

클레첼이 바라보자 머쓱한 표정을 짓는 테리언.

그는 아직도 클레첼이 화가 나 있다고 생각하고 있었
다.

클레첼이 눈을 게슴츠레 뜨자 그 눈빛을 눈치챈 테리언
이 찔끔했다.

그러나 그것도 잠시.

"푸훗."

"클레첼?"

"화 안 났으니까 이리 와."

"정말……?"

"애초에 화나지도 않았으니까."

클레첼의 표정이 풀어지자 테리언이 슬금슬금 옆으로
다가왔다.

잔뜩 꼬치구이를 입안에 넣고 오물거리던 클레아는 테
리언이 다가오자 눈웃음을 지으며 먹다 남긴 꼬치구이를
테리언에게 내밀었다.

"오하도 머흘래?"

아마 발음으로 예상하길 '오빠도 먹을래?'일 터.

아직 빵빵하게 부풀어 오른 클레아의 모습을 보자니 마
치 도토리를 잔뜩 입안에 넣고 있는 다람쥐 같아 사랑스
럽기 그지없었다.

그런 모습에 테리언은 픽 웃으며 많이 먹으라며 클레아
의 머리를 쓰다듬어 줄 따름이었다.

한편 그 모습을 지켜보던 노점 주인이 넌지시 입을 열었다.

"그나저나 정말 예쁜 아가씨군요? 혹시 서로 자매 사이?"

"네? 아, 뭐 그렇죠."

일순간 뭐라 대답할지 망설였던 클레첼은 이내 허탈한 미소를 지으며 말했다.

클레첼과 클레아는 서로 닮은 점이 많았다.

클레아의 모습은 영락없는 클레첼의 어릴 때의 모습이었달까. 무엇보다 클레첼의 유전자를 기반으로 만들어진 존재였으니 말이다.

자매라는 소리가 아예 틀렸다고 볼 수는 없는 상황.

"정말 동생이 언니를 똑 부러지게 닮았구만요! 그런데……."

꼬치구이를 먹으며 행복한 미소를 클레아의 모습을 보며 아저씨 미소를 짓던 노점 주인의 시선이 문득 테리언으로 옮겨졌다.

그러고는 잠시 그대로 시선이 고정되는가 싶더니 이번엔 클레첼과 클레아, 테리언을 번갈아 가면서 보기 시작했다.

그 시선을 눈치챈 클레첼이 움찔하며 물었다.

"왜 그러세요?"

"설마…… 이거이거. 자매 관계가 아니었구만? 허허! 너무 빠른 거 아닌가? 복장을 보아하니 학생 같은데, 남자 쪽이 완전히 도둑놈이로구만? 아가씨는 아직 새파랗게 젊은 것 같은데 말이야. 하긴, 귀족 자제 아가씨들은 16살이 되면 혼기가 찼다는 소리를 듣는다고 하니 빠르다고는 할 수 없으려나?"

"네에? 아, 아니거든요!"

그제야 무슨 소리인지 알아챈 클레첼이 얼굴이 새빨개지면서 극구 부인했다.

테리언도 적지 않게 당황했으나, 애초에 장난으로 한 말이었기에 노점 주인은 그저 껄껄 웃을 따름이었다. 순수한 클레아는 그저 고개를 갸웃거릴 따름이었으니.

그렇게 노점상을 뒤로 하고 몇 차례 더 마을을 둘러보다 보니 어느 샌가 황혼으로 뒤덮여있던 하늘은 이미 어둠으로 물들고 있었다.

잠시 숨이라도 돌릴 겸 테리언 일행은 길거리에서 나와 비교적 한산한 광장에 도착했다.

광장 내에 마련된 의자에 털썩 앉자 잔뜩 배가 불러 나른해진 클레아는 기분 좋은 표정을 지으며 등받이에 편안히 몸을 기댔다.

클레아를 중심으로 양옆에 앉은 테리언과 클레첼도 잠시 밤하늘을 바라보며 침묵을 지켰다.

재잘거리던 클레아가 조용해지니 덩달아 분위기도 사뭇 달라진 느낌이었다.

평소라면 이런 분위기에 전혀 개의치 않아 했을 테지만, 지금의 테리언은 느낄 수 있었다. 무언가 말로는 설명할 수 없는 묘한 분위기가 형성되고 있다는 것을.

잡티 하나 없는 둥근 보름달이 태양 못지않게 은은히 빛나는 밤.

그 달빛에 은은하게 빛나는 클레쳴의 얼굴이 평소와는 사뭇 달라 보였다.

그렇게 테리언이 곁눈질로 클레쳴을 바라보고 있는데 돌연 클레쳴이 운을 뗐다.

"그러고 보니 그날도 보름달이었나?"

"으응?"

"잘은 기억은 안 나지만 그때도 이런 비스무리한 분위기였지."

무슨 말을 하는 것일까.

갈피를 잡지 못한 테리언은 그저 의아한 표정을 지을 따름이었다.

"그날 기억해? 우리가 처음 만났을 때."

"아. 그날?"

그제야 테리언은 클레쳴이 무슨 말을 하는지 깨달았다.

잠시 회상에 젖는 듯하던 테리언은 킥킥 웃으며 말했

다.

"처음엔 깜짝 놀랐지. 세상에 뭔 이런 엄청난 근육질의 몸매를 가진 거구의 여자가 다 있나 싶……."

"꺄악! 그, 그거 말고! 그 후에!"

당황하며 손사래를 치는 클레첼.

"아. 너한테 얻어맞아서 기절 하고 난 후에 말이지?"

"우으으으. 테리언은 심술쟁이."

클레첼에겐 흑역사로 남아 있었던 건지 얼굴이 완전 홍당무가 되어 버렸다.

그럴 수밖에 없는 것이 그때는 순간의 방심으로 인해 흑마력에 사로 잡혀 폭주해 버려 꼴불견을 보이고 말았다.

그로 인해 죄 없는 자들에게 끼친 잘못은 아직도 클레첼에게 있어선 뼈저린 실수로 남아 있었으니까.

아까 전에 잘못한 것도 있었기에 결국 테리언은 아차 싶어 얼른 분위기를 전환시켰다.

"그런데 그 이야기는 갑자기 왜 꺼내는 거야?"

"사실 처음 네 인상을 봤을 땐 참 특이한 남자라고 생각했었어. 단편의 기억밖에 남아 있지 않지만, 내가 흑마력에 사로잡혀 너와 로턴 아저씨와 싸울 때에도……. 그리고 네가 나의 흑마법의 후유증을 풀어 줬을 때도……. 처음엔 내색하지 않았지만 솔직히 말해 변태 같다고 느꼈었거든."

"아하하하……"

그저 애써 웃음 지을 뿐인 테리언이었다.

"그런데 아카데미에 오고 나서 이런 저런 일을 겪다 보니까 다르게 느껴지기 시작했어. 마치 바보 같으면서도 어린애 같았달까. 그런데 그런 모습이 보기 좋았어. 다른 이들처럼 무언가에 사로잡혀 있지 않고 마음이 이끄는 대로 행동하던 네 모습을 보고 부러움을 느꼈거든."

"……"

"내가 이야기했었나 몰라. 내가 왜 이런 나이에 프로티나 왕국을 떠돌아다녔는지 말이야. 강해지고 싶었거든. 가르바드 가문의 비기인 신체강화술을 물려받기 위해서, 그리고 실전 경험을 기르기 위해서. 그런데 그것도 결국엔 내가 원하던 것은 아니었던 거야."

그녀의 오라버니는 체질상 물려받을 수 없었기에.

그녀밖에 물려받을 수 없었기에.

주변의 기대를 저버릴 수 없었기에.

그렇기에 떠난 클레첼이었지만 거기에서 자신의 의지는 그 어디에도 없었던 것이었다.

"솔직히 말해 나는 아직도 내가 무엇을 하고 싶은 건지 잘 모르겠어. 하지만 과거의 내가 해 왔던 일들은 내가 하고 싶었던 것은 아니었다고 생각해. 하지만 지금은 그 실마리가 조금씩 잡혀 가는 것 같아. 내가 무엇을 해야 하는지. 아니, 내가 무엇을 하고 싶은 건지. 그리고 그 깨달음을 얻게 해 주는 데에 있어선…… 테리언. 네 덕분이라고 생각해."

"클레첼……."

"너는 나의 좋은 표본이었거든. 푸훗. 표본이라고 표현하기는 조금 그런가? 그래, 우상. 우상이었어. 내가 가장 닮고 싶었던 사람."

"가장 닮고 싶었다고?"

씁쓸한 미소를 지어 보이는 클레첼을 바라보며 테리언은 고개를 갸웃거렸다.

솔직히 이해가 가지 않는 테리언이었다.

아카데미에 가서 한 일이라고는 사고를 일으키거나, 사건에 휘말리는 것들뿐이었는데 말이다.

천방지축, 기상천외, 유아독존이라는 말이 너무나도 어울렸던 그의 행보가 아닐 수 없었다.

그런 테리언을 닮고 싶었다니?

클레첼은 양손을 의자에 짚고서는 다리를 흔들거리며 말을 이어 갔다.

천천히, 하지만 또박또박하게.

"아무런 고민도 없고, 아무런 제약도 없고, 아무런 눈치도 보지 않는 네 모습이 정말 아름다웠거든. 어쩌면 내가 정말로 바랐던 건…… 그런 모습이 아니었을까 하고 말이야. 그런데……."

돌연 그녀가 짓고 있던 씁쓸한 표정이 사라지며 대신 불안한 표정이 떠올랐다.

고개를 들어 테리언을 똑바로 응시하는 클레첼.

그 시선을 눈치챈 테리언도 그녀를 마주 보았다.

그녀의 눈동자가 떨리고 있다.

미약하지만 그 속에선 일말의 불안감이 느껴지고 있었다.

"최근의 넌 많이 달라졌어. 물론 나쁜 의미는 아니야. 분명 좋은 변화이긴 해. 하지만 뭐랄까…… 테리언답지 않다고 해야 할까? 아마 그때부터였을 거야. 무도회장 사건이 있던 날 이후로부터."

그것은 단순히 클레첼만이 느낀 것이 아니었으리라.

가장 먼저 눈치를 챘던 제네시드를 선두로부터, 말은 안 했지만 테리언의 주변 인물 모두가 테리언의 변화를 조금씩 눈치채 가고 있었다.

"이건 좀 이상한 소리일지도 모르겠지만 말이야. 나 요즘 자꾸 불안해. 지금까지 난 너에게 도움만 받고 살아왔는데, 난 너에게 아무것도 해 준 게 없잖아? 언젠가 기회가 되면 나도 너에게 그 은혜에 보답하리라고 생각했어. 이제 더 이상 후회하고 싶지 않았으니까. 그런데 이상하게 그게 힘들 거 같은 불안한 예감이 들어. 마치 네가 어느 날 말도 없이 홀연히 사라질 것만 같아서……."

점점 떨려 오던 클레첼의 목소리가 점점 격앙되는가 싶더니 이내 침을 꿀꺽 삼키며 잠시 말문을 멈추었다.

어느새 클레아는 깊게 잠들어 있고, 광장에는 오로지 클레첼과 테리언만이 서로를 바라보고 있을 따름이었다.

"혹시나 해서 물어보는 거지만……. 어느 날 갑자기 어디론가 가 버리거나 하지는 않을 거지?"

"클레첼……."

"만약 가더라도 갈 땐 꼭 말하고 가 줘. 아니, 간다면 나도 따라가게 해 줘. 이제 더 이상 후회하고 싶지 않단 말이야. 응?"

재차 물어 오는 클레첼의 목소리에는 묘한 열기마저 담겨 있었다.

그 모습이 얼마나 애처로운지 보는 이로 하여금 안타까운 마음을 절로 들게 만들었다.

잠시 그 모습을 바라보던 테리언은 이윽고 부드러운 미소를 지어 보이며 말했다.

"새삼스레 무슨 말을 하는 거야. 내가 가긴 어딜 가. 그냥 네가 착각하는 거뿐이야."

"아무 데도 가지 않는 거지?"

"물론. 적어도 지금 당장은."

"그럼 나중에는?"

"응? 그건……."

평소와 달리 어딘가 달라 보이는 클레첼.

집요하게 물어 오던 클레첼의 얼굴이 어느 샌가 테리언과 가까워져 있었다.

클레아를 두고 있었음에도 불구하고, 테리언을 향해 바짝 고개를 들이민 클레첼은 대답을 요구하는 표정으로 테리언을 바라보고 있었다.

아까 여관에서 그런 모습의 클레첼을 봐 버려서 그런 것이었을까.

괜스레 마음이 두근거리는 것을 느낀 테리언은 살짝 얼굴을 붉히며 집게손가락으로 볼을 긁적였다.

그러나 곧 결연한 표정을 지으며 클레첼을 향해 새끼손가락을 내밀어 보였다.

"그럼 약속할게. 네가 원하는 것을 이룰 때까진 네 곁에서 떠나지 않겠다고."

"내가 원하는 걸 이룰 때까지……?"

순간 움찔하는 클레첼.

"그래. 어차피 졸업까진 아직 멀었으니까."

"아, 으…… 으응!"

테리언의 새끼손가락에 자신의 새끼손가락을 걸치는 클레첼은 비로소 싱긋 미소 지을 수 있었다.

여전히 마음속에서 불안감이 떨쳐지지 않았지만 무언가

이런 약속이라도 해 두니 조금은 부담감을 덜어 낼 수 있던 그녀였다.

　아탈린 마을에서의 하룻밤이 지나가고 다음날 아침.
　다시금 알바토로 향하기 위해 짐을 꾸린 테리언 일행은 그 이후로 쉼 없이 알바토로 향하기 시작했다.
　다들 푹 쉬었던 탓인지 표정들이 한결 좋아 보였다. 최상의 컨디션!
　아젤리카는 다시금 의뢰 수행을 위해 아카데미 스카우트 부원들에게 브리핑을 하고 있었다.
　"그런데 엘도흐 제국에도 무력이 뛰어난 사람들이 많지 않나요?"
　그러던 중 궁금했던 건지 네리가 고개를 갸웃거리며 질문했다.
　그러자 네리의 맞은편에 앉아 있던 제네시드가 대신 설명해 주었다.
　"아아. 그거야 물론 있기는 해. 확실히 무력으로만 따지면 우리보다 강한 사람들이 수없이 많아."
　"그런데 왜 우리 같은 학생을 쓰는 거예요? 물론 아카데미 스카우트 부원들이 개개인의 무력이 강하다고는 들었지만……."
　"그건 주변 사람들의 시선 때문이야."

"주변 사람들의 시선이요?"

"응. 이번 축제의 의의는 좀 더 민중들과의 교류를 통해 민심을 다져가는 것이거든. 그래서 황녀들이 직접 엘도흐 제국의 주요 도시를 순회하는 거고. 그런데 거기에 살벌하기 짝이 없는 병력들을 이끌고 가면 어떻게 될까? 아무래도 겁을 먹겠지?"

"아아."

그제야 네리는 어느 정도 이해했다는 듯 고개를 끄덕였다.

"그래서 우리들 같이 공포심을 반감할 수 있는 학생들이 호위 대상으로 의뢰를 받게 된 거야. 게다가 걱정할 필요가 없는 것이 엘도흐 제국의 황녀들은 전원이 최소 마경력 30년 이상을 자랑하는 수준급 마법사거든. 사실 이정도 수준이면 호위가 필요 없기는 한데, 그래도 어느 정도의 경각심은 필요한 법이니까."

"그렇군요. 그나저나 마경력이 30년 이상인 건 정말 놀랐네요. 분명 황녀님들의 나이가 전부 20대라고 들었는데……."

프로티나 아카데미에서도 학생을 기준으로 상위의 마경력을 자랑하는 학생들은 로리아나, 아젤리카, 로리에 정도가 있었다.

그런데 이들도 고작해야 25년을 넘지 못한 상황.

심지어 아카데미의 마법 교수들도 40년을 넘는 자들이 없을 정도였다.

그런데 엘도흐 제국의 황녀들은 최소 30년 이상이니 놀라지 않을 수 없었다.

"후훗. 그게 바로 우리 엘도흐 제국의 위상이라는 거다."

가만히 이야기를 듣던 세니츠는 우쭐해져선 콧대를 세우며 가슴을 쭉 펴 보였다.

황녀의 체면은 어디로 가고 완전히 어린애 같은 행동이 아닐 수 없었지만 그 누구도 그 모습을 의아하게 여기지 않았다. 애초에 황녀에 대한 경각심은 아카데미에서 만났을 때부터 깨진 지 오래였으니까 말이다.

그런 분위기에 네리는 연이어 세니츠의 마경력을 물어보고, 그에 세니츠는 무려 32년이라고 대답했다.

게다가 이 나마도 자신이 가장 낮은 축에 속하는 편이라는 말에 마차 내에 있는 모두가 경악할 수밖에 없었다.

마경력 30년이면 아카데미 학생들도 힘겹게 사용한다는 멸망의 운석 서너 개는 우습게 소환할 수 있을 정도니 말이다.

그렇게 잠시간 세니츠에 대한 칭송이 오고 가고, 분위기를 살피던 아젤리카는 헛기침을 하며 다시 브리핑을 이어 갔다.

"그렇게 나머지 주요 도시 네 거점을 다 돌 때까지는 밀착 경호를 하고, 그 후에 마지막으로 엘도흐 제국의 수도인 티리아스에서 최종 퍼레이드가 펼쳐질 거다. 사실상 수도에 도착하면 우리의 의뢰도 끝이니, 그 이후에는 하루 동안 자유 시간을 갖고 아카데미로 귀환할거다."

그러자 클레첼이 손을 들며 질문했다.

"하루만 지내다 바로 가는 건가요? 좀 더 있으면 안 돼요?"

"유감이지만 안 된다. 하루도 그나마 배려해 준 편이니까. 작년까지만 해도 호위가 끝나는 대로 칼 같이 돌아왔었다. 이번엔 새로운 부원들도 왔고 무엇보다 테리언 때문에 편의를 봐서 하루 머물다 가는 거다."

"응? 나 때문에?"

멍하니 이야기를 듣고 있던 테리언은 뜬금없이 자신의 이름이 거론되자 두 눈을 동그랗게 뜨며 물었다.

"설마 벌써 까먹은 건가? 황녀님의 파트너가 되기로 한 거 말이다."

"아……."

파트너란 말에 테리언의 표정이 똥 씹은 얼굴이 되었다. 그러나 아젤리카는 그러거나 말거나 계속해서 설명을 이어 갔다.

"일반적으로 아카데미 스카우트 부원은 수도에 도착하

게 되면 거기서 의뢰는 끝이다. 하지만 너는 파트너로 선택되었으니 수도에 도착하고 나서도 황녀님을 따라 황궁으로 가야 한다."

"황궁으로 가면 어떻게 되는데?"

"아마 대외적인 축제 활동이 끝나고 밤이 찾아오면 황궁 내에서 황족과 귀족들의 연회가 펼쳐진다고 들었다. 거기에 황녀님의 파트너로서 참여하게 되는 거지."

"뭘 하는 건데?"

"글쎄. 나도 소문으로 들은 건 여기까지다. 자세한 건 당사자이신 황녀님이 옆에 계시니 황녀님한테 여쭤 봐라."

테리언이 반사적으로 세니츠를 바라보자 세니츠 역시 테리언을 바라보면서 서로의 시선이 마주쳤다.

세니츠는 무엇이든 물어보라는 기세로 눈을 반짝였지만, 테리언은 잠시 망설이는 듯싶더니 이내 시선을 피하며 중얼거렸다.

"뭐, 가 보면 알게 될 거⋯⋯."

"어이! 잠깐만! 황궁에 가게 되면 뭘 하게 될지 궁금하지 않은 거야?"

"아니. 어차피 지금 들어 봤자 나중에 가면 까먹을지도 모르니까⋯⋯."

물론 거짓말이었다.

테리언은 겉보기엔 멍청해 보이는 듯하면서도 의외로

암기 면에선 뛰어났기 때문이다.

그것은 클레첼과 네리 역시 아카데미 내에서 시험을 치루면서 톡톡히 깨닫게 된 사실이기도 했다.

"그, 그래도 뭘 하게 될지 궁금하지도 않단 말이야?"

"그다지……."

"요만큼도?"

"별로……."

어떻게든 말을 걸어 보려고 애쓰는 세니츠였지만, 그때마다 테리언은 계속 말꼬리를 길게 늘이며 애써 시선을 마주치려 하지 않았다.

부담이 된다고 해야 할까.

안 그래도 엘도흐 황가에 관련되어서 싱숭생숭한 기분이었다.

그런데 그 엘도흐 제국의 황녀인 세니츠는 당연히 거북할 수밖에 없는 상황.

'언젠간 마주쳐야 할 날이 오겠지. 하지만 지금은 조금이라도 마음의 준비를 하고 싶어.'

무도회장 사건 이후 테리언은 본능적으로 느낄 수 있었다.

자신을 중심으로 무언가 심상치 않은 사건이 벌어질 것이란 예감이.

언제 벌어질지는 아무도 모른다. 하지만 도화선에 불은

지펴졌다는 것만큼은 왠지 모르게 느낄 수 있었다.

"아아, 진짜!"

자꾸 테리언이 피하려고 들자 결국 참지 못한 세니츠가 울컥 하며 자리에서 벌떡 일어났다.

덜컹!

그 순간 마차 바퀴가 돌부리에 걸렸는지 한 차례 덜컹거리며 마차 내부가 흔들렸다.

"꺅!"

"화, 황녀님!"

그와 동시에 때마침 일어서 있던 세니츠가 중심을 잃는 바람에 맞은편에 있던 테리언의 앞으로 튕겨져 나갔다.

다행히 그리 큰 반동은 없었는지라 테리언이 세니츠를 안음으로써 다치는 불상사가 발생하지는 않았다.

"……."

"……."

테리언의 품에 안긴 채 굳어 버린 세니츠.

보통이라면 화들짝 놀라면서 물러나거나 뭐라도 반응을 할 터인데, 어째서인지 세니츠는 꼼짝도 하지 않았다.

심지어 아무 말도 하지 않았기에 테리언도 괜히 긴장해서 아무 말도 하지 못했다.

하지만 어째서일까.

비록 말은 하지 않았지만, 지금 그 둘은 서로가 묘한

동질감을 느끼고 있었다.

아니, 정확히는 기시감이라고 해야 할까.

아주 찰나의 순간이었지만 테리언과 세니츠는 이 순간이 어디선가 본 것 같다고 느끼고 있었다.

"괜찮으십니까, 황녀님?"

"아, 으응."

뒤늦게 하녀들이 다가오면서 안부를 묻자 어색한 대답을 하면서 물러나는 세니츠였지만 얼굴이 다소 상기되어 있었다.

하지만 그와 동시에 석연치 않은 표정을 짓기도 했다.

방금 테리언의 품에 안긴 순간 느꼈던 감정.

그것은 아늑함과 불안함이었다.

정말 아이러니한 감정이 아닐 수 없었다. 아늑하면 편안해야 하는데 어째서 불안함이 드는 것일까.

"알바토 지역에 도착했습니다."

그때 마부의 외마디의 목소리가 들려오며 어느덧 마차는 마침내 알바토의 관문소에 들어서기 시작했다.

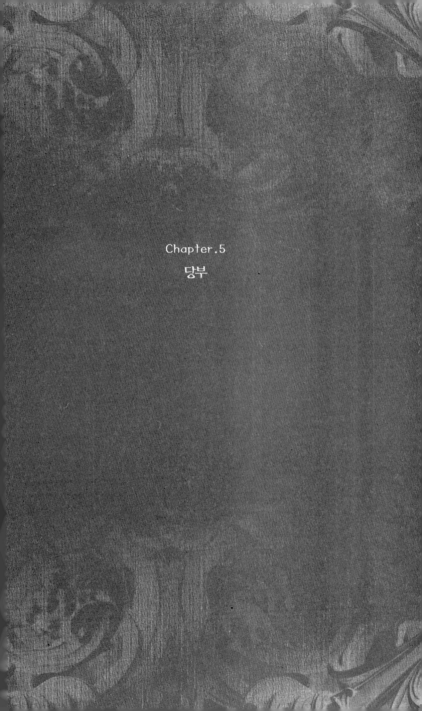

Chapter.5

당부

알바토에 들어서기 무섭게 테리언 일행들은 빽빽하게 들어선 건물들을 바라보며 감탄을 금치 못했다.

전 마을에서도 적지 않게 놀랐지만, 알바토는 완전히 그 궤를 달리 하고 있었기 때문이었다.

무엇보다 가장 그들의 눈을 사로잡는 것은 대형 건축물들이었다.

높이만 해도 족히 몇 십 미터는 될 건물들이 심심찮게 보이고 있었던 것.

프로티나의 수도에서도 대형 건축물들이 손에 꼽을 정도인데, 알바토는 수도도 아님에도 불구하고 무려 십 자리를 자랑하니 놀라지 않을 수 없었다.

"어서 오십시오, 황녀 저하. 기다리고 있었습니다."

알바토를 다스리는 가르네스 백작의 성에 도달하자 때마침 가르네스 백작이 마중 나와 인사를 올렸다.

그 모습에 세니츠가 답했다.

"다른 언니들은 왔느냐?"

"아직 안 오셨습니다. 하지만 오고 계신다는 연락을 받았으니 머지않아 오실 겁니다. 그동안 제 성에서 잠시 머무르다 가시지요."

"안내해라."

의외인 것은 세니츠의 모습이었다.

아카데미에서 처음 만났을 때와 마차에서 대화할 때의 그녀의 분위기는 영락없는 개구쟁이 소녀 같은 느낌이었다.

그러나 가르네스 백작과 대화하는 그녀의 모습은 그야말로 '황녀'라는 생각이 절로 들 정도로 기품과 위엄이 느껴졌던 것이다.

한편 클레첼은 그 대화를 지켜보더니 감탄했다.

"그래도 황녀님도 멋있는 모습을 보여 주실 때가 있군요."

어떻게 보면 자극을 하는 발언일 수도 있었기에 깜짝 놀란 네리가 그녀의 옆구리를 쿡쿡 찔렀으나, 클레첼은 왜 그러냐는 듯 고개를 갸웃거릴 따름이었다.

그러나 다행히도 세니츠는 그다지 신경 쓰지 않는 듯했다.

"일단은 같은 나라의 귀족들이니까 황녀로서 신경을 쓸 필요가 있는 것뿐이야. 너희들은 그저 외부인일뿐더러 같은 또래잖아?"

"그래도 황녀님이신데……."

"솔직히 말해서 불편하다고. 나랑 비슷한 나이대의 녀석들이 나에게 극존칭 붙이는 거 말이야. 그래서 내 시중들에게도 내 앞에서 만큼은 가벼운 존칭을 쓰라고 한 거고."

"과연 황녀님! 그 관대함에 저희들은 그저 황송할 따름입니다."

세니츠의 옆에 도열해 앉아 있던 하녀들은 그저 감복해 마지않는 표정을 지을 따름이었다.

가르네스 백작의 성 안으로 들어선 세니츠 일행 무리들은 각기 성 내에 있는 시중들로부터 쉴 곳을 배정받았다.

"아, 그리고 테리언. 너는 내 방으로 와 줘야겠어."

"네?"

"아무리 그렇다 하더라도 준비도 없이 갈 생각은 아니겠지? 엘도흐 제국의 황녀의 파트너가 된다는 건 쉬운 일이 아니라고?"

"그건……."

그러나 세니츠는 테리언이 생각을 하기도 전에 얼른 손목을 낚아채며 자기네 방으로 질질 끌고 가기 시작했다.

"무엇보다 네가 괜히 실수라도 하면 언니들 앞에서 내 체면이 서질 않는단 말이야. 다른 언니들은 매년마다 멋있는 파트너를 데리고 와서 아바마마에게 좋은 모습을 보여 줬는데, 네가 실수라도 하면 책임질 거야?"

"알겠습니다……."

사실 테리언은 멋짐과는 전혀 연관이 없는 사람이었지만 어쩌겠는가.

세니츠의 마음에 든 이상, 그리고 그렇게 약속을 한 이상 테리언도 회피하는 것은 무례라는 것을 깨달았는지 결국 고집을 꺾었다.

곧 있으면 다른 황녀들과도 만나게 된다.

더불어 세니츠의 파트너가 되어 엘도흐 황궁으로 가게 되면 더욱 많은 이들과 만나게 될 터.

슬슬 긴장을 해야 할 시간이었다.

부담스럽다고 계속 멀리하다간 밑도 끝도 없다.

이제는 고민이 아닌 선택을 해야 할 시간이었다.

세니츠의 방에 따라간 테리언은 그녀를 통해 파트너로서 무엇을 해야 할지, 또한 조심해야 하거나 명심해야 할 것은 무엇인지 설명하기 시작했다.

원래는 굳이 세니츠가 설명할 필요 없이 그녀의 전속

시중인 자니카가 설명해 주어야 했지만, 의외로 세니츠가 직접 설명하겠다고 나섰기 때문이었다.

'그런데 왜 그 이야기는 언급을 안 하지?'

세니츠의 설명을 듣던 테리언은 계속 마음에 품어 두고 있던 '그 문제'에 대해서 세니츠가 언제 언급하려나 초조하게 기다렸다.

자신이 테리어드의 모습으로 변한 것.

분명 세니츠도 자신이 그 모습으로 변했다는 것을 눈치채고 있을 터였다. 자신을 파트너로 삼으려는 것도 그 이유 때문이 클 터.

그런데 어째서인지 알바토로 오는 동안에도, 그리고 지금 파트너로서 명심해야 될 점을 당부하면서도 세니츠는 테리어드에 대해선 아무런 언급도 하지 않았다.

테리언도 그런 이야기를 안 꺼내 준다면 솔직히 부담이 덜 될 수도 있을지 몰랐다.

아직도 테리언 자신은 자신이 테리어드라는 것에 대해 전혀 실감하지 못했으니까.

더불어 자신이 테리어드란 것이 밝혀짐에 따라 벌어지게 될 여러 가지 시끄러운 일들을 아직 그는 감당할 자신이 없었다.

무엇보다 그 테리어드란 자는 오래전 행방불명되었다고 하지 않았던가.

그렇기에 자신이 테리어드라는 것이 밝혀지면 더욱 소란이 커질 거라 테리언은 생각하고 있었다.

특히 오랫동안 사라졌다가 나타난 것만으로도 큰 이슈가 될 터.

거기에 왜 사라졌는지도 물어볼 텐데 거기서 기억을 잃었다고 하면 골치가 아픈 정도가 아니라 아예 골치가 부러질지도 몰랐다.

'하지만…….'

차라리 이것이 자신이 걸어야 할 길이라면 당당히 걸어갈지도 몰랐을 것이다.

그러나 테리언이 이렇게나 망설이고 두려워하는 것은 아카데미에 지내면서 겪은 미심쩍은 일들 때문이었다.

원인 모를 두통과 낯선 기억들.

레이시라가 보여 주었던 묘한 행동.

이사장실에서 보았던 세이나와 데니크, 그리고 레이시라의 수상한 대화들.

그리고 테리언을 가장 심란하게 만들었던 꿈속에서 만난 테리어드의 한마디.

"왜냐하면 너는 나의 육체에 깃들면서 내 기억을 토대로 탄생한 복제 인격이니까."

단순히 꿈이라고 치부하고 싶었다.

하지만 여태까지 아카데미에서 지내 오며 꾸었던 꿈들이 예사롭지 않았던 것들뿐이라는 것을 생각하면 도저히 꿈으로만 치부할 수가 없었다.

"……해서 마지막에 열릴 조화의 신전에서는 말이야. 어이, 듣고 있어?"

"네? 뭐라고요?"

"뭐야, 정말! 기껏 힘들게 설명하고 있었더니만 어디다 정신을 팔고 있는 거야?"

"그게……."

테리언은 잠시 생각에 잠기는 듯싶더니 이내 다시 입을 열었다.

"대신 하나만 부탁드릴 것이 있어요."

"뭔데?"

잠시 심호흡을 하던 테리언은 결심을 굳힌 듯 결연한 표정으로 말했다.

"엘도흐 황궁에 들어가게 되면 제가 테리어드 황자님의 모습으로 변했다는 사실은 비밀로 해 주세요."

"어, 어째서?"

그러자 세니츠가 당황한 기색이 역력한 표정이 되었다.

그럴 수밖에 없는 것이 애초에 세니츠가 테리언을 파트너로 지목했던 이유가 뭐란 말인가.

바로 오래 전 행방불명되었다던 테리어드를 모두에게 보여 주기 위함이 아니었던가.

그런데 그것을 비밀로 하라니?

'그러고 보니?'

그 순간 세니츠는 잊고 있던 사실 한 가지를 떠올렸다.

분명히 그녀는 그 무도회장 사건이 있던 이후, 곧장 테리언에게 찾아가 어떻게 된 일이냐고 물었던 적이 있었다.

어째서 오래 전 행방불명된 엘도흐 제국의 황태자인 테리어드의 모습으로 변했던 건지. 그건 단순히 변신이었는지, 아니면 원래의 본 모습인 것을 여태까지 감추고 있었던 건지.

그러나 테리언은 그 당시 대답을 회피했고, 또한 세니츠와 대화하는 것을 꺼려 했기에 알아내지 못했었다.

특히나 아카데미 내에서는 보는 눈이 많았고, 또한 단둘이 만날 기회가 없었기에 결국 끝까지 추궁하지 못했지만……

"좋아. 비밀로 해 줄게."

"정말입니까? 감사 드립……."

"대신 비밀을 보장해 주는 조건으로 나에게 전부 털어놔야겠어."

"무엇을 말이에요?"

"왜 네가 테리어드 오라버니의 모습으로 변했는지 말이

야."

만약 변한 것이 아니라 그것이 본모습이었다면 테리언은 테리어드 황자였다는 뜻이 된다.

그럼 여기서 또 하나 의문점이 생긴다.

정말 테리언이 테리어드라면 어째서 그는 세니츠를 처음 보는 사람처럼 대하는 것인가?

생각을 정리해 보니 정말 하나하나가 의문투성이가 아닐 수 없었다.

아니나 다를까, 세니츠가 집요한 시선으로 바라보자 테리언이 당황하기 시작했다. 그러나 그것도 잠시.

"그게…… 사실 기억이 나질 않습니다."

결국 테리언은 이실직고를 하고 말았다.

언제까지고 부담이 된다는 이유로 기피할 수는 없는 노릇이니까.

"그럼 그때 테리어드 오라버니의 모습으로 변한 건?"

"그건 저도 잘 모르겠습니다. 사실 그때 대답을 회피한 것도 제가 어느 순간부터 기억이 나질 않아서 그런 거였어요."

"즉, 테리어드 오라버니의 모습으로 변하고 나서부터는 기억이 나지 않는다?"

"네, 맞아요."

"그럼 자신이 왜 변한 건지도 몰라?"

"그건…… 짐작 가는 부분은 있어요."

"뭔데?"

"제가 가끔 가다가 원인 모를 두통을 느낄 때가 있거든요. 그 두통이 일어나고 나면 과거에 잊고 있던 기억이 떠오른다든가……. 뭐, 그런 게 있어요."

테리언은 일부러 테리어드가 꿈에서 나타났던 이야기는 꺼내지 않았다.

아무리 사실대로 말한다 하더라도 테리어드가 꿈에 나타나서 '넌 복제 인격이다'라고 말한 것까지 말하긴 조금 꺼림칙했기 때문이다. 굳이 거기까지 말해야 할 이유도 없었고.

"혹시 어렸을 때 뭔가 특별한 경험 같은 건 한 적은 없고?"

"이상하게 어렸을 적의 기억은 잘 안 나서……."

"흐음. 그럼 기억 상실인가?"

세니츠는 고개를 갸웃거리며 눈살을 찌푸렸다.

언니들에게 전해 들은 바에 의하면 옛날의 테리어드는 세간에서 천재라 불리는 대마법사라고 하였다고 한다.

심지어 엘도흐 제국의 황제조차도 테리어드에게는 감히 대하지 않을 정도였으니까.

그런 그가 어느 날 행방불명되고 엘도흐 제국은 발칵 뒤집혔다고 전해졌다.

여기서 의문점은 왜 사라졌느냐였다.

처음에는 단순히 여행을 하러 간 거겠지 싶었다.

그의 능력은 무엇을 상상하든 그 이상이었으니까. 순식간에 엘도흐 제국의 수도에서 대륙의 반대편인 프로티나 왕국의 수도까지 이동할 능력을 가졌는데 무슨 걱정을 하겠는가.

하지만 테리어드는 늘 성에서 거의 나가는 일이 드물었다.

가끔 나간다 하더라도 늘 해가 지기 전에는 꼭 원래 방으로 돌아와 있던 그.

그런 그가 몇 주가 지나도, 몇 달이 지나도 돌아오지 않으니 난리가 날 수밖에 없었다.

설마하니 누군가의 음모로 인해 무슨 일을 당했으리라고는 생각하기는 더더욱 힘들었다.

그럴 수밖에 없는 것이 테리어드의 마경력은 엘도흐 제국의 최고의 마법사 데니크를 아득히 뛰어넘는 수준이었으니까.

결국 테리어드 행방불명 사건은 미궁으로 빠지고, 아무도 그가 왜 사라졌는지 알아내지 못했다고 한다.

'만약 테리언이 정말 오라버니가 맞는다면 기억 상실이라는 말이 맞게 되는데……. 그렇다면 그 정도로 대단하다고 했던 오라버니가 왜 기억 상실을 겪게 된 거지?'

현재로서는 스스로 알아낼 방도는 없었다.

정작 테리언은 아무것도 모르는 눈치였고, 세니츠 역시 아직 많은 것을 알지 못했으니까.

"혹시 저주 같은 거에 걸린 건 아닐까?"

"저주요?"

"잠깐 가까이 와 봐. 혹시 이상이 있나 확인해 볼게."

테리언이 그녀의 앞으로 다가오자 세니츠는 테리언의 가슴에 손을 얹고 지그시 눈을 감았다.

그러고는 테리언으로서는 영문을 알 수 없는 주문을 외우더니 곧 그녀의 몸에서 환한 빛이 뿜어져 나왔다.

그러나 그것은 아주 잠깐 동안일 뿐이었다.

슈우우웅―

"어, 어라?"

밝아지려나 싶던 빛은 곧 순식간에 사그라졌다.

당황한 세니츠는 연이어 무언가 시도하려고 했지만, 그때마다 그녀에게서 나오는 빛은 밝아지려나 싶다가 다시 사그라지기를 반복할 뿐이었다.

"이거 왜 이러지?"

"제 생각입니다만 제가 마법이 통하지 않는 힘 때문에 그런 건 아닐까요?"

"아, 그리고 보니!"

그 순간 세니츠는 아주 중요한 사실을 잊고 있었다는

듯 손뼉을 쳤다.

생각해 보니 그때 무도회장에서 테리언은 리엘로트와 같이 마법을 무력화시키는 묘기를 선보였던 적이 있었던 것이다.

"그때는 경황이 없어서 물어보지 못했었지 참! 너, 그 마법이 통하지 않는 힘은 어째서 생긴 거야?"

"그것도 잘 모르겠습니다."

"흐음."

세니츠는 잠시 생각에 잠기는 듯 두 눈을 아래로 내리 깔았다.

최대한 테리언에게 많은 것을 알아내고 싶었는데, 어째 추궁하면 추궁할수록 머릿속이 복잡해지는 기분에 세니츠 는 착잡한 심정을 느꼈다.

하지만 테리언은 정말로 모르겠다는 눈빛을 하고 있었 기에 무어라 더 물어볼 수는 없는 노릇이었다.

*   *   *

잠깐 동안의 휴식을 가졌을까.

축제로 인해 엘도흐 제국의 주요 도시를 순회하던 황녀 일행이 마침내 알바토에 도착했다는 사실이 전해졌다.

가르네스 백작의 성에 머무르고 있던 테리언 일행은 그

소식을 접하자 재빨리 채비를 마친 후 황녀 일행이 성에 오기를 기다렸다. .

그리고 잠시 후.

끼이이익—!

성의 육중한 철장문이 열리며 마차들이 성 안으로 들어서기 시작했다. 그 뒤를 바라보니 마을 사람들이 열렬한 환호를 내지르며 손을 흔들고 있었다.

아까 전에 테리언 일행이 왔을 때와는 비교도 할 수 없는 환영이었다.

"역시 막내라 그런지 다른 언니들과는 대우가 다르구……."

그 순간 세니츠에게 옆구리를 가격당하는 테리언.

"뭐라고 했는지 잘 안 들리네?"

"큭. 아무것도 아닙니다."

"무시하지 말라고. 저거 봐. 언니들은 보다시피 마차에 엘도흐 제국의 문양이 새겨진 깃발을 달고 다니잖아."

"저게 뭘 의미하는데요?"

"저걸 달고 다니면 교통 면에선 최우선적으로 대우받거든. 다른 나라에선 어떨지 모르겠는데 적어도 우리나라 내에선 그 어떤 관문소를 지나다니든 절차를 밟지 않고 곧장 지나갈 수 있어. 더불어 길이 막혀 복잡하더라도 전부 길을 터주어야 한다는 마차임을 나타내기도 해. 그 외에 어느 숙박 시설에서 머물든 최우선적으로 관리를 해주기까지 하지."

"그렇군요."

"뭐, 이건 그냥 단순히 부가적인 의미일 뿐이고, 실질적인 의미는 '엘도흐 제국의 황가와 긴밀한 연관을 가진 자가 타고 있다' 라는 걸까나?"

테리언은 잠시 기억을 더듬는 듯하더니 말했다.

"그러고 보니 황녀님은 마차에 깃발을 달으셨던가요?"

"난 안 달았지."

"어째서요? 황녀님은 황가와 긴밀한 연관인 정도가 아니라 아예 황가의 사람이잖아요?"

"황가 사람이라고 해서 저 깃발을 반드시 달 의무는 없어. 게다가 괜히 저런 거 달고 다니면 시선만 끌어서 귀찮아질 뿐이야."

테리언과 세니츠가 서로 대화를 주고받는 사이, 어느 샌가 황녀의 마차들은 완전히 가르네스 백작의 성에 들어섰다.

마차들은 각기 성의 한구석에 도달해 일렬로 서더니 마치 자로 잰 듯 딱딱 각을 맞추었다.

그 모습에 성 내에 있던 몇몇 무리가 감탄했다. 마차를 세우는 것부터가 무언가 예사롭지 않았던 것이다.

그리고 마침내, 모든 마차가 세워지고 마차에서 하나둘

씩 황녀들이 내리기 시작했다.

"우와. 엄청 미인들이시다!"

"장난 아닌데요?"

기존의 아카데미 스카우트 부원들은 이미 전에도 보았기에 별다른 반응이 없는 반면, 처음 보는 입장인 클레첼과 네리의 경우에는 두 눈을 초롱초롱 반짝였다.

아무리 싸움에 몰두하는 그녀들도 어쩔 수 없는 여자였던 것이다.

예쁜 것에는 역시 관심이 갈 수 밖에 없었던 것.

레이시라, 제네시드, 로리에 등을 통해 미소녀에 대해서 상당한 면역이 생긴 테리언마저도 그 모습에 잠시 넋을 놓아야만 했다.

그러나 유감스럽게도 테리언은 그 모습을 그리 오래 쳐다보지 못했다.

퍽!

또다시 세니츠에게 옆구리를 가격당한 테리언은 제대로 들어간 건지 눈에 띄게 움츠러들며 신음을 흘렸다.

"으윽. 이번엔 또 왜 그러시는 건데요!"

"언니들에게 그런 표정 짓는 게 왠지 불쾌해서."

"크으……."

테리언은 욱신거리는 옆구리를 어루만지며 황녀들이 성의 현관 앞으로 다가오는 것을 바라보았다.

솔직히 말해 황녀들의 모습에 놀라긴 했지만, 그렇다고 이성을 바라보는 그런 감정은 느끼 못했다.

애초에 테리어드의 기억을 가지고 있고, 또한 자신이 테리어드일지도 모른다는 생각을 가지고 있어서 그런 것일까.

만약 자신이 테리어드가 맞는다면 저 황녀들은 전부 자신의 여동생이 아니겠는가.

그런 상대로 이성적인 마음을 품으면 무언가 윤리적으로 위험할 것 같으니까 말이다.

황녀의 수는 총 네 명이었는데 같은 피를 나눈 가족답게 전부 아름다운 백금발에 푸른 눈동자를 하고 있었다.

가르네스 백작이 황녀들을 맞이하며 성 안으로 들어서자, 때마침 성 안에서 기다리고 있던 아카데미 스카우트 일원들이 황녀들에게 다가갔다.

"안녕하십니까, 아시리카 황녀 전하."

아젤리카가 먼저 인사를 건네자 황녀 일행 중 제 1황녀였던 아시리카가 인사에 답했다.

"아젤리카 군이로군요. 못 보던 사이 많이 잘 생겨지신 것 같군요."

"과찬이십니다. 그런 황녀님도 여전히 변하지 않는 미모를 자랑하고 계십니다."

"호호. 이번 호위도 잘 부탁드리겠습니다. 그런데……

전보다 인원이 좀 많아진 것 같군요?"

"예. 신입이 들어왔습니다."

아젤리카가 눈짓을 주자 클레첼과 네리, 그리고 로리에가 한 발자국 걸어 나와 예를 갖추며 말했다.

"안녕하십니까, 황녀 저하. 클레첼 가르바드라고 합니다."

"네리 제리타드라고 합니다."

"로리에 휴스입니다."

클레첼과 네리, 로리에를 한번씩 쭉 둘러보던 아시리카는 미소를 지으며 화답했다.

"과연 아카데미 스카우트에 들어온 일원답게 하나하나가 범상치 않은 분들이로군요. 특히 클레첼 씨와 네리 씨에게서는 전사들의 기운이 느껴지고, 로리에 씨에게서는 마법사의 기운이 느껴집니다. 다들 상당한 실력을 갖추신 분들이로군요. 이번 호위는 더욱 든든해서 한결 마음을 놓아도 될 것 같습니다."

그때 한구석에서 약간의 소란이 일었다.

그곳을 바라보니, 나서기 껄끄러워하는 테리언과 빨리 나가서 소개하라며 떠밀고 있는 세니츠가 있었다.

아시리카는 세니츠를 발견하자 반가운 표정을 지으며 말했다.

"어머. 세니츠 아니니? 프로티나 아카데미 무도회에 갔다고 들었는데 재미있게 즐겼니?"

"안녕하셨어요, 언니. 무도회는 즐겁게 지냈어요."

"파트너는 만들었니?"

"여기 이 사람이에요."

세니츠는 기회라고 생각했는지 내내 고집 부리고 있는 테리언을 억지로 떠밀어 아시리카의 앞에 세웠다. 테리언은 황녀들의 주목을 받자 결국 어쩔 수 없이 고개를 숙이며 말했다.

"테리언입니다."

"그대가 세니츠의 파트너인가요?"

"네."

아시리카는 유심히 테리언을 바라보았다.

황녀들은 대대적으로 프로티나 아카데미 무도회에 나가면서 다들 개성 있는 파트너를 데리고 오기로 유명했다.

어딜 가도 남부럽지 않은 스펙을 가졌거나, '대륙에 쥐 잡듯이 찾아봐도 이런 사람은 이자밖에 없을 것이다'라는 느낌의 남자라든가.

하여튼 입에서 절로 대단하다는 소리가 나올 정도의 파트너들을 데리고 왔었다.

그렇다면 과연 세니츠는 어떤 파트너를 골랐을까.

세니츠의 큰언니인 아시리카에게 있어선 가장 궁금할 요소가 아닐 수 없었다.

그럴 수밖에 없는 것이 무엇보다도 세니츠는 자존심이 무척 셌다.

특히 언니들에게 절대 안 지려고 하는 성향 때문에, 아시리카가 아는 세니츠라면 어중간한 파트너를 고를 바에는 아예 파트너를 고르지 않았으리라 생각했다.

'그럼 이 사람은 과연 무엇이 대단할까?'

그러나 겉으로 보기에는 아무리 봐도 특이점을 확인할 수가 없었다.

아까 보았던 클레첼과 네리, 로리에만 해도 기도가 평범치 않다는 걸 단번에 깨달았지만 테리언은 말 그대로 평범함 그 자체였던 것이다.

그렇다면 이자는 힘 쪽이 아닌 지능과 관련 되어서 세니츠의 시선에 들어온 것일까?

아시리카가 속으로 그런 의문들이 오가는 한편, 테리언은 자신을 유심히 쳐다보는 아시리카의 시선에 심한 부담감을 느끼고 있었다.

일단은 황녀와 서민의 관계이지만, 따지고 보면 오랜 시간 떨어져 있던 오빠와 여동생 사이.

그런데 어째서일까.

본래라면 반가워해야 정상일 터인데 반갑기는커녕 오히려 거북함만이 느껴지고 있었다.

"테리언 씨라고 하셨죠?"

그때 유심히 테리언을 관찰하고 있던 아시리카가 입을 열었다.

"네."

"조금 있다가 따로 만나서 이야기할 수 있을까요?"

"네?"

의외의 요청에 테리언은 조금 놀란 표정을 지었다.

무리한 부탁은 아니었지만 아직 황녀들 사이에서는 거북함을 지울 수 없었던 터였는지라 섣불리 대답하지 못했다.

"아, 알겠습니다."

그러나 주변의 눈치와, 아시리카가 테리언의 대답을 기다리느라 뒤에서 기다리고 있는 다른 황녀들의 시선 때문에 결국 테리언은 고개를 끄덕여야만 했다.

"과연 세니츠가 고른 파트너가 어떤 사람일지 기대하고 있어요. 조금 있다가 할 일을 끝낸 후 제 방으로 부를 테니 그때 와 주시길 바라요."

*   *   *

"하…… 이걸로 두 번째인가."

테리언은 현재 초조한 마음으로 현재 가르네스 백작의 성 내에 아시리카가 머물고 있는 방 앞에 서 있었다.

엘도흐 제국으로 오고 나서부터 왠지 이리저리 불려 다니는 듯한 느낌은 단순히 기분 탓인걸까.

테리언은 자신이 예감했던 불길한 일들이 벌써 실현되고 있음을 직감했다.

세니츠와의 대화만 해도 숨통이 조여 오는 듯한 기분인데 이번의 아시리카는 또 어떤 추궁을 해 올까.

'그래도 아시리카 황녀는 세니츠와는 달리 내가 테리어드라는 사실을 모르고 있으니 부담은 덜 될 거야.'

게다가 세니츠에게는 자신이 테리어드의 모습으로 변했다는 사실은 비밀로 해 달라고 했으니까 말이다.

테리언은 잠시 심호흡을 했다.

그 후 닫혀 있던 방문을 양손으로 밀며 안으로 들어섰다.

그곳에는 때마침 시중들이 내주는 다과를 받은 아시키라가 찻잔을 들며 향기를 맡고 있었다. 아시리카는 지긋이 눈동자를 돌려 테리언을 발견하고서는 고혹한 미소를 지어 보였다.

"어서 와요. 기다리고 있었어요."

"어떤 일로 저를 부르셨는지……."

"긴장할 것 없어요. 그냥 이야기를 나누어 보고 싶었던 것일 뿐이니까요."

"이야기요?"

"일단 여기에 와서 좀 앉아 주시겠어요?"

테리언이 아시리카가 앉아 있던 테이블로 다가가자 근처에 있던 시중이 친절하게 의자를 빼 주었다. 그렇게 테리언이 의자에 앉자 옆에 있던 시중이 입을 열었다.

"차는 어떤 것으로 드릴까요?"

"아, 저는 됐어요."

"알겠습니다."

시중은 고개를 꾸벅 숙여 보이더니 이윽고 방에서 퇴장했다.

그렇게 방 안에 단 둘이 남자 묘한 침묵이 감돌았다.

꿀꺽.

그때 차의 향기를 음미하던 아시리카가 차를 마시는 소리가 들려왔다.

워낙 조용하다 보니 목 넘김 소리조차도 너무나 선명히 들려왔다.

테리언에게 있어선 너무나 불편한 침묵.

특히나 차를 마실 때마다 힐끔힐끔 테리언을 쳐다보는 아시리카의 눈빛은 정말로 부담스럽지 않을 수 없었다.

결국 분위기를 참지 못한 테리언이 막 입을 열려 하던 참이었다.

"당신은 누구죠?"

너무나 단도직입적인, 그와 동시에 어딘가 묘한 분위기

를 띤 질문에 테리언은 저도 모르게 벙 쪄 버렸다.

"저기, 무슨 말씀인지 잘 모르겠습니다."

"흐음. 사교 쪽은 아니라는 건가요?"

"네?"

"그럼 달리 질문하죠. 테리언 씨라고 했죠? 테리언 씨는 우리 세니츠를 어떻게 생각하시나요?"

"그건……."

솔직한 심경을 말하자면 골칫덩어리, 하지만 언젠가는 마주해야 할 존재라고 느끼고 있었다.

아카데미에 있던 당시엔 워낙 바쁘고, 정신이 없었는지라 세니츠의 존재를 그리 크게 느끼지 못했던 실정이었다. 그러나 아카데미를 나오고 엘도흐 제국으로 향하기 시작하자 세니츠는 점점 포위망을 좁혀 오기 시작했다.

테리언의 정체를 알아내기 위해서.

처음엔 그것이 싫었다.

언젠가는 마주해야 할지라도, 마음속으로는 계속 해서 도망치고만 싶은 기분이었다.

"왜냐하면 너는 나의 육체에 깃들면서 내 기억을 토대로 탄생한 복제 인격이니까."

과거 꿈속에서 테리어드가 했던 한마디.

그 한마디가 여전히 테리언의 머릿속에서 맴돈 채 떠날 생각을 하지 않았다.

어쩌면 이 한마디 때문에 테리언은 자신의 과거를 밝혀내기가, 그리고 과거의 자신과 연관된 이들과 만나기를 꺼려 했던 것일지도 모른다.

"재미있으신 분이라고 생각합니다."

"재미있다고요? 정확히 어떤 의미인지 알려 주실 수 있겠어요?"

"보통 나라의 공주라고 한다면 무언가 품위가 있고 범접할 수 없는 그런 이미지가 아닐까 생각했습니다. 아, 물론 그렇다고 세니츠 황녀님이 품위가 없다는 것은 아닙니다만. 단지……."

"단지?"

실제로 테리언이 처음 만난 공주였던 레이시라는 굉장히 신비스러운 분위기를 띤 소녀였다.

정말이지 '공주'라는 말이 손색이 없을 정도로, 공주라는 단어는 그녀를 위해 만들어진 것이 아닐까 착각할 정도로 말이다.

레이시라는 과묵하고 표정의 변화가 없는 것어 자연스레 바라보는 사람에게 상상의 나래를 펼치게 만들 법한 그런 사람이었다.

반면 세니츠는 첫 만남부터가 스스럼이 없었다.

애당초 테리언이 테리어드로 변한 것을 빌미로 달라붙은 것도 있었다. 그러다 보니 자연스러운 분위기가 연출된 것이었고.

하지만 굳이 그것이 아니었을지라도 세니츠는 공주라는 느낌보다는 개구쟁이 같은 여동생 같은 느낌이었다.

그렇기에 재미있었다.

세상에는 이런 사람들도 있구나, 라는 생각이 절로 들었기 때문이다.

무엇보다 테리언이 모험을 하고 싶어 했던 이유도 알지 못했던 사실들, 체험해 보지 못한 일들을 느껴 보고 싶었기 때문이었으니까.

그래서 아카데미에 오게 된 것이었고.

"친근한 기분이 들었습니다. 스스럼이 없었다고 해야 할까요? 보통 공주라는 느낌이면 그런 게 있잖아요. 다가 가려야 다가갈 수 없는 그런 벽이 가로막고 있는 듯한 느낌이랄까. 그런데 세니츠 황녀님은 그런 벽이 없는 듯한 기분이 들었어요."

"그렇군요. 아주 제대로 보셨네요."

테리언의 말에 아시리카는 부드럽게 미소 지으며 테리언의 말에 수긍했다.

그렇게 또다시 서로 간의 시선이 오고 가며 짧은 침묵이 흐르고…….

이번에 침묵을 깬 사람은 다름 아닌 테리언이었다.

"그럼 이번엔 제가 몇 가지 물어봐도 될까요?"

"네, 마음껏 물어보세요."

테리언은 잠시 심호흡을 하며 분위기를 다잡았다.

그가 이러는 이유는 간단했다.

지금부터 그가 물어볼 질문은 자신의 과거를 향해 나아갈 중요한 단서를 물어보는 질문이기 때문이었다.

게다가 상대는 다름 아닌 제1황녀.

나이가 나이인 만큼 분명 과거의 일도 어느 정도 기억하고 있을 것이리라.

"혹시……."

머릿속을 정리한 테리언이 막 운을 떼며 입을 열려는 그 순간이었다.

파지지직!

마치 스파크가 머릿속에서 튀는 듯한 착각이 들 정도로 강한 두통이 테리언을 엄습했다.

"테리언 씨? 갑자기 왜 그러세요! 테리언 씨!"

"크으윽……."

테리언이 갑자기 머리를 부여잡으며 의자에서 떨어지자 깜짝 놀란 아시리카가 테리언에게 다가왔다.

두통으로 인해 오만상을 찌푸리던 테리언은 힘겹게 눈을 뜨며 아시리카를 바라보았다.

"오라버니, 오라버니."

그 순간 테리언의 귓가에 어떤 소녀의 환청이 들려오기 시작했다.

마치 메아리치는 듯하면서도 불분명한 목소리.

분명 아시리카가 하는 말은 아니었는데 이상하게 아시리카가 무어라 소리치며 입을 읊조리는 것과 상당히 매치가 되는 기분이었다.

바로 그때, 다시금 찔끔하며 두통이 전해져 오는 바람에 테리언은 반사적으로 눈살을 찌푸리며 눈을 감아야 했다.

다시 눈을 뜨자 테리언의 시야에 아시리카의 모습과, 그런 그녀와 상당히 흡사하게 생긴 어린 소녀의 모습이 반투명하게 겹쳐 보이기 시작했다.

"아, 아실리……."

그리고 머지않아 테리언의 의식은 마음속 깊은 심연의 나락으로 떨어졌다.

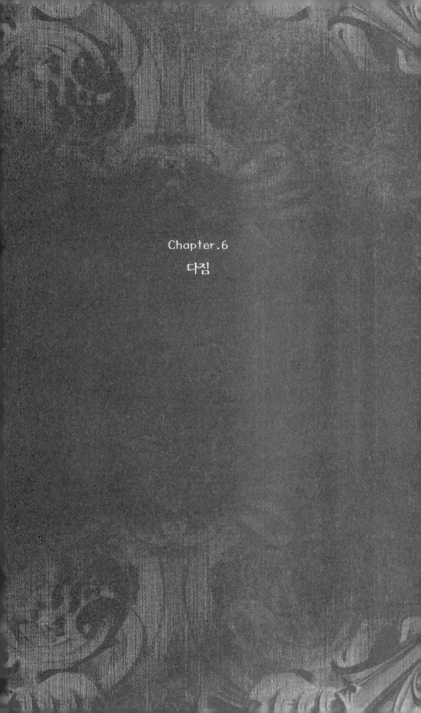

Chapter.6

다짐

허공을 유영하는 듯한 묘한 감각.

몸에는 무게감이 느껴지지 않았으며, 주변은 칠흑처럼 어두웠다.

그럼에도 불구하고 테리언은 자신의 육체를 육안으로 확인할 수 있음을 깨달았다.

이것은 과거에도 한 번 느꼈던 적이 있는 익숙한 감각.

"이로서 두 번째인가."

그때 어디선가 한 청년의 나직한 목소리가 들려왔다.

이 목소리 역시 너무나 익숙했다.

"테리어드……."

테리언이 그의 이름을 부르자 마치 기다렸다는 듯 테리

언의 눈앞에 한 사람의 형체가 그 모습을 드러냈다.

찬란한 백금발에 푸른 눈동자를 가진 수려한 외모의 소유자. 엘도흐 제국의 황태자인 테리어드였다.

"내가 또다시 내면 위로 드러났다는 것은 벌써 시기가 임박했다는 뜻이 되겠군."

"시기라니? 무엇이 임박했다는 거야?"

"하아. 이제는 말해 주어야겠군."

테리어드는 무미건조한 표정으로 테리언을 바라보더니 나직이 입을 열었다.

"여태까지 궁금했을 테지. 왜 너에겐 과거의 기억이 떠오르지 않는 건지 말이야."

"너는 알고 있다는 거야?"

"사실 최종 봉인을 앞두기 전까지 침묵을 지키려고 했다. 하지만 '나'를 좋아하는 사람이 아닌, '너'를 좋아하는 사람이 생긴 것을 보고서는…… 마음을 바꾸었다."

"무슨 말이지?"

"저번에 내가 말했지. 너는 나를 통해 만들어진 복제 인격이라고. 하지만 이건 매우 단편적인 사실에 불과해. 좀 더 넓게 나아가서 설명하자면……."

테리어드는 잠시 뜸을 들이는가 싶더니 테리언을 똑바로 직시하며 테리언을 충격의 도가니에 휩싸일 만한 발언을 했다.

"너는 나의 마력으로 만들어진, 나의 분신이라 볼 수 있는 인격체다."

"뭐, 뭐라고?"

너무나 충격적인 나머지 현실성 없게 들려오는 말이었다.

아니, 현실성이 있고 없고 그 이전에 너무나 터무니없는 발언이 아닐 수 없었다.

자신이 테리어드의 마력으로 만들어진 인격체라고?

테리언은 당황하며 물었다.

"그, 그럼 어째서 인격을 또 만들 필요가 있었던 거지?"

"그건 내 육체에 봉인되어 있는 헤미스피어와 대적하기 위해서였다."

"헤미스피어라면…… 그 마신 헤미스피어 말이야?"

들어 본 적 있다.

과거 아카데미에 편입했을 당시, 수업에서 얼핏 들은 적이 있었다.

단지 그때는 거의 졸고 있었는지라 단편적인 것밖에 기억나지 않는다는 것이었지만.

"그럼 여태까지 그 마신의 영혼이 네 육체에 봉인되어 있었단 뜻이야?"

테리언은 입이 쩍 벌어지는 것을 다물지 못했다.

역사에서나 나올 법한 존재, 그것도 같은 신으로서도 일대일로는 도저히 상대가 불가능하다는 그 전설적인 마신의 영혼이 봉인되어 있다니?

터무니없는 소리였다.

다른 이가 말했더라면 결코 믿지 않았을 사실이었다.

하지만 상대는 자기보다 많은 진실을 알고 있는 테리어드였기에 믿을 수밖에 없었다.

테리어드가 말을 이어 갔다.

"그렇다. 그리고 하나 더. 여태까지는 말해 주지 않아 궁금했겠지. 어째서 지난 10년 전의 과거의 기억이 없는 것인지. 결론부터 말하자면 그 기억은 임의로 내가 지운 것이기 때문이다."

"기억을 지웠다고?"

"그날 나는 최종 봉인을 남겨 두고 마지막으로 프로티나 왕국에 찾아갔었다. 마지막으로 한 번만 더…… 그녀를 보기 위해서."

"그녀라면…… 혹시 레이시라 공주를 말하는 거야?"

"그래. 너도 내 기억을 어느 정도 훑어봤을 테니 나와 레이시라에 대한 이야기는 알고 있겠지?"

테리언이 고개를 끄덕이며 대답하자 테리어드는 말을 이어 갔다.

"마신의 최종 봉인을 끝마치면 나는 영원히 그녀를 볼

수 없게 된다. 그렇기에 나는 마지막으로 처음으로 호기심을 가졌던 소녀인 레이시라를 한 번 더 만나기 위해 프로티나 왕국으로 향했었다. 적어도 그녀와 했던 약속은 지키기 위해서."

"잠깐만. 영원히 그녀를 볼 수 없다는 것은……."

"이야기는 끝까지 들어라. 이젠 다 설명해 줄 테니까 다급해할 필요 없다. 물론 네 질문에도 대답할 시간을 주도록 하지."

그 말에 테리언은 다소 표정을 누그러뜨렸다.

이번에도 또 자기 할 말만 하고 사라져 버리는 줄 알았던 것이다.

하지만 여전히 초조한 마음만은 가시지가 않았다.

꿈의 세계였음에도 불구하고 테리언은 왠지 모르게 침이 바싹바싹 말라 가는 것만 같은 기분을 느꼈다.

"그럼 이야기를 계속하지. 그렇게 레이시라와의 인연을 마무리 짓기 위해서 프로티나 왕국으로 향하던 도중 문제가 발생했다. 헤미스피어가 직접적으로 봉인을 깰 수 없다고 판단한 건지 나의 내면에 침투하려고 시도했다."

"최종 봉인을 앞두고 있었다면서? 최종 봉인이라면 그 전에도 몇 가지 봉인을 했단 소리 아니야?"

"그렇지. 하지만 그건 내 육체에서 벗어나지 못하는 봉인이지, 나의 내부 안에서는 예외였으니까. 원래라면 바로 최종 봉인의 의식을 치렀어야 했지만 레이시라와의 인연을 마무리 지어야 한다는 내 판단 때문에 결국 일을 그르치고 말았지."

결국 헤미스피어는 최후의 발악으로 테리어드의 마음에 빈틈을 만들어 그 빈틈에 자신의 힘의 잔재를 집어넣었다.

그로 인해 테리어드는 그 힘을 물리치기 위해 내면에 집중을 해야 했고, 그러다 보니 마법을 쓸 수 없는 상황이 되어 버렸다.

그 시점이 정확히 프로티나 왕국의 수도 가르반으로 향하기 위한 마지막 관문이었던 로렌스카 마을이었다며 테리어드는 설명했다.

"나의 마음에 스며든 헤미스피어의 마력을 물리치면서 동시에 의식을 유지한다는 것은 힘든 일이었지. 그러면서 상황은 점점 심각해져 갔다. 만약 헤미스피어가 나의 내면을 완전히 잠식하면 그가 내 육체를 조종해 스스로 봉인을 풀어 버릴 염려가 있었다. 그래서 나는 내면에만 집중하여 헤미스피어의 마력을 물리칠 필요성을 느꼈다. 하지만 내가 내면에 집중하게 되면 내 육체를 관리해 줄 사람이 없어지게 되었지."

"그래서 새로운 인격체…… 나를 만들었단 거야?"

"그렇다. 내가 헤미스피어의 마력을 물리칠 동안만 대타로 내 육체를 관리할 인격이었지. 원래 계획이었다면 헤미스피어의 마력을 완전히 물리치고 나면 다시 내면 위로 올라올 계획이었다. 하지만 그러던 중 흥미로운 일이 일어났다."

"흥미로운…… 일?"

테리어드는 자신의 머리를 톡톡 건드리며 말했다.

"기억하지? 그 로리에라는 소녀의 집에서 일어난 화재 사건에 대해 말이야. 분명 그 로리에라는 소녀와 만나면서 어느 정도 기억이 났을 거야."

"그런데 그게 왜?"

"그 화재 사건 때 나의 임시 인격, 즉, 너는 로리에를 구하려다가 그만 머리에 큰 충격을 받고 말았다. 거기서 문제가 발생했다. 네 인격이 외부의 충격으로 인해 심하게 흔들리는 순간, 그 여파가 내면에 있던 나에게까지 영향을 미쳤다. 다행히 봉인을 위해 여러 안전장치를 걸어둔 터라 봉인은 풀리지 않았고, 당연히 너 역시 목숨을 보존할 수 있었다. 하지만 인격이 흔들리던 순간 네 인격과 내 인격이 한순간 맞물리며 공명하고 말았다. 그리고 내가 처음으로 호기심을 느꼈던 요소. 마음속에 품고 있던 '그 요소'가 네 인격으로 흘러 들어가게 되었지"

"그 요소라면……."

"그래. 그것이 바로 '여자의 가슴을 만진다'라는 거였다. 과거 내가 레이시라와 약속하면서 뇌리에 새겨졌던 일. 남들이 보면 엉뚱하다고 생각하겠지만, 나에게 있어선 처음으로 느꼈던 인간다운 호기심이었던 것만큼 각별한 요소였지. 네가 가슴을 만지는 것을 좋아한 시점도 그 화재 사건이 일어난 후부터였을 거다."

"……."

"하지만 지금에 들어선 그 가슴을 만지고 싶다는 충동이 별로 들지 않을 거다. 더불어 정신도 전에 비해 성숙해졌을 테고."

"아."

그것은 테리언도 느끼고 있었던 바가 있었다.

무도회장 사건 이후로 달라진 성격.

그것은 너무나 이질적이고, 본인이 생각하기에도 어색한 성격이 아닐 수 없었다.

"나는 너라는 인격을 만들 때 일부러 내가 가진 기억을 나누어 주지 않았다. 솔직히 그럴 필요성을 느끼지 못했다. 어차피 임시적인 것이었고, 금방 내면 위로 올라갈 생각이었으니까. 하지만 화재 사건 이후 네 인격에 문제가 발생하면서부터 네 인격은 나의 의지와는 별개로 독자적으로 성장하기 시작했다. 사실 내가 마음만 먹었으면 금방 네 인격을 금방 내 인격과 동화시켜 육체를 되찾을 수도 있었다. 하지만 그러지 않았지."

"어째서?"

"궁금했거든. 세상만사의 모든 진리를 깨달은 내가 아닌, 세상물정 모르는 철부지 없는 나는 과연 어떤 삶을 살까 말이야. 최종 봉인까지는 아직 여유가 있었던 터라 나는 지켜보기로 했다. 그리고 그 결과, 너는 기존의 나는 결코 누리지 못했을 유쾌하고 재미있는 삶을 살아왔다. 특히 놀라웠던 건 레이시라가 로렌스카 마을을 지나갈 때 그런 방식으로 재회할 줄은 꿈에도 몰랐지만 말이야. 정말 기막힌 우연이자 인연이었어. 만약 내가 가진 '그 요소'가 너에게 흘러 들어가지 않았더라면……. 결코 만나지 못했겠지. 그때 나는 느꼈다. 정말 삶이란 살다가도 모르는 법이란 것을."

"……."

"정말 흥미로웠다. 마음 같아선 더 지켜보고 싶었지만 유감스럽게도 이제는 시간이 없다. 앞으로 일주일. 그것이 네가…… 아니, 우리가 이 세계에 있을 수 있는 마지막 기간이다. 최종 봉인을 끝마치면 나의 육체는 현재 세계와는 격리된 수호신들이 만든 세계에 떨어지게 된다. 마신 헤미스피어를 영원히 봉인하기 위한 세계로 말이야. 행여나 그가 내 육체에서 벗어난다 하더라도 이 세계를 더럽히지 않게 하기 위해서."

"뭐, 뭐라고?"

청천벽력 같은 소리에 테리언은 완전히 할 말을 잃어버

렸다.

무언가 엄청난 소리를 연달아 들은 걸로도 모자라 이제
는 시한부 인생 선언까지 듣다니…….

하지만 그의 말을 들어 보면 여태까지 자신이 느꼈던
이상 징후들은 설명이 될 수 있었다.

왜 그동안 기억을 잃고 있었는지.

왜 자신이 테리어드의 모습으로 변했는지.

"이제 질문 시간이다. 곧 있으면 의식이 깨어날 듯하니
빨리 물어보는 게 좋을 거야."

테리어드는 자신이 할 말은 다 끝낸 건지 팔짱을 낀 채
자신의 또 다른 인격, 테리언을 바라보았다.

테리언은 잠시 두 눈을 감고 머릿속을 정리했다. 말하
고 싶은 것은 산더미처럼 많았지만 지금으로선 당장에 궁
금한 것들부터 물어보기로 결심했다.

"그러고 보면 나는 마법이 통하지 않았어. 아니, 마법
이 통하지 않는 것 같으면서도 이상하게 클레첼이나 네리
같이 마력을 안정화시키는 힘을 가지고 있었어. 이 힘은
대체 뭐야?"

"그건 수호신들이 헤미스피어를 봉인하기 위해 내 육체
에 건 봉인의 술식의 영향 때문이다. 하나는 내 육체에 해
를 끼치는 마법은 절대적으로 배제하는 것. 둘은 나의 육
체를 최상의 상태로 유지하기 위한 것. 타인의 마력을 안

정화시킨 힘을 발휘할 수 있었던 것은 너의 육체에 닿고 있다 보니 술식의 영향을 받았던 것이었지."

"결국 신의 힘이란 말이야?"

"그렇다."

테리언은 그제야 로턴이 왜 그렇게 노력을 하면서까지 자신의 힘을 알아내지 못했는지 어렴풋이 깨달았다.

신이 건 술식. 그것은 인간이 어떻게 할 범주를 넘어 버린 것이니까.

이것으로 여태껏 궁금했던 호기심 하나가 해결된 셈이었다.

그리고 이제 슬슬 본론을 꺼내야 할 순간이었다.

"나는…… 정말로 죽는 거야?"

테리언도 사람이었다.

비록 탄생은 평범하지 않았을지라도 다른 사람들과 똑같이 인격을 가진 존재였다. 그런데 앞으로 일주일 후면 죽을 거라니?

겁이 나지 않는다면 거짓말이다.

그러나 테리어드는 고개를 저었다.

"죽는다고 하지 않았다. 다만 헤미스피어를 현재 세계에서 격리시킨 다른 세계로 가는 것일 뿐."

"그, 그럼 그 세계에는 누가 있는데?"

"나의 육체에 봉인된 헤미스피어와 나, 그리고 너뿐이

겠지. 원래라면 나와 헤미스피어 단 둘이 있었어야 했겠지만 말이야. 심심하지는 않을 거다. 지금은 헤미스피어의 의식을 억지로 잠재우고 있어서 모르겠지만, 이 녀석은 꽤나 재미있는 녀석이거든. 나보다 더 오래 산 녀석인만큼 아는 게 많은 녀석이야. 세계를 파괴하려 드는 짐승같은 행동만 빼면 나름 흥미 있는……."

"그럼 그 세계에 가면 다시 원래 세계로 못 오는 거야?"

"아니다. 오고 가는 것 자체는 가능하다. 다만 괜히 원래 세계로 왔다가 헤미스피어가 내 육체에서 나오기라도 하는 날에는 그날로 모든 게 끝나니까 문제인 거다."

"하지만. 하지만 나는……!"

테리어드는 어떤지 몰라도 테리언은 싫었다.

아직 이 세계에서 얼마나 하고 싶은 일이 많은데!

그때 테리어드가 돌연 입을 열었다.

"너는 미련이 남는 것인가?"

"당연하지! 난 너와는 달라. 분명 근본적으로는 같을지몰라도…… 지금은 달라!"

처음 마을 바깥에 나가 사귀었던 인연인 클레첼, 아카데미에서 만난 네리, 그리고 과거부터 인연이 있었던 로리에. 그 외에 아카데미에서 만났던 수많은 인연들.

테리언은 결코 그 인연들을 쉽게 내버릴 수 없었다.

아쉬웠다. 너무나도 아쉬웠다.

만난 지 아직 얼마 되지도 않았다.

아직 모르는 것들이 너무나도 많다. 앞으로도 알아 갈 것들이 태산이다.

그런데 그걸 다 해 보지도 못하게 된다고?

이대로 두 번 다시 만나지 못할 이별을 해야 한다고?

그건 싫었다. 너무나도 싫었다.

그리고 너무나도 답답했다.

자신만 해도 이별해야 한다는 슬픔과 아픔에 이렇게 미칠 것만 같은데 테리어드는 아무렇지도 않아 보였다.

테리언만이 아닌 테리어드 역시 그만의 인연들이 있지 않은가.

엘도흐 제국의 황녀들, 그리고 무엇보다⋯⋯.

"그런 너는⋯⋯ 레이시라 공주님을 더 이상 만나 보고 싶지 않는 거야? 인연을 정리하고 싶었다며?"

"⋯⋯."

여태까지 술술 말하던 테리어드가 입을 다물었다.

테리언이 보았던 레이시라.

그녀는 무척이나 테리어드를 만나고 싶어 했다. 말은 하지 않았지만 행동가지만 봐도 잘 알 수 있었다.

"그녀와는 충분히 만났다."

"뭐라고? 언제?"

"그날 무도회장 때. 내가 내면 위로 올라오는 바람에 우연찮게 기회가 생겼지."

"아. 그럼 그때 내가 잠시 기절했던 사이에……?"

"그래. 중간에 약간 문제가 일어날 뻔하긴 했지만……. 뭐, 이건 네가 신경 쓸 일은 아니다. 여하튼 서로 만나서 이야기는 했으니 그녀 걱정은 할 필요 없다."

"그래서 더 이상 미련 따위는 없는 거야?"

"없다."

"그럼 레이시라 공주님도 미련을 가지고 있지 않다는 거야?"

"……."

섣불리 대답하지 못하는 테리어드.

분명 무언가 찔리는 것이 있으니 쉽사리 대답하지 못하는 것이리라.

테리언은 그리 생각했다.

"역시 내 생각이 맞았네. 공주님은 그토록 애타게 너를 기다렸어. 비록 몇 번밖에 보지 않았지만 나는 알 수 있어, 알 수 있다고! 그런데 겨우 한 번 해후한 것 가지고 공주님이 순순히 이별에 응할 리가 없어. 그런데 그렇게 태연하게 있다는 건 분명 네가 사실을 말하지 않았다는 뜻이겠지?"

"그렇게 레이시라가 걱정되나? 아니, 괜한 질문을 한

것 같군. 애초에 걱정을 하고 있으니 나에게 그렇게 따지듯 묻고 있는 것이겠지. 그럼 달리 질문하지. 만약 너는 격리된 세계에서 살지 않아도 된다면 책임져 줄 자신이 있나?"

"그건 또 뭔 소리야?"

"나는 행여나 격리된 세계에서 또 깨어나 무슨 짓을 할지 모르는 헤미스피어를 감시하기 위해 반드시 그 세계에 남아 있어야 한다. 물론 격리된 세계에 있기만 해도 어느 정도 안전하겠지만 헤미스피어는 무슨 짓을 벌일지 모르는 존재니까. 만약 봉인이 풀리려 하면 내가 수호신들에게 재빠르게 연락을 할 필요가 있다. 그 세계는 현재의 세계와 격리되었기 때문에 현 세계에서는 그 격리된 세계에서 어떤 일이 벌어지는지 정황을 알 수 없지. 그렇기에 내가 파수꾼이 되어 그를 감시해야 한다는 거다. 하지만 그 대상이 굳이 둘이 될 필요는 없지."

"그 소리는……."

"넌 모르겠지만 나는 수십 번의 환생을 거쳤고, 또한 그 환생을 전부 기억하고 있다. 너는 상상도 하지 못할 정도로 나는 많은 삶을 살았다는 거다. 즉, 너와는 달리 나는 더 이상 삶에 대한 미련이 없다. 하지만 넌 태어난 지 얼마 되지 않은 존재. 더 살고 싶다는 욕망이 가득할 테지. 그 마음은 이해한다. 그렇기에 너는 나와 분리되어 따로 살아갈 수 있도록 해 주겠다."

뜻밖의 희소식에 테리언의 표정이 환해졌다. 그러나 곧
다시 당황감이 어렸다.

"저, 정말이야? 잠깐. 그러면 레이시라 공주님은?"

"난 이미 충분히 그녀와 대화를 나누었다고 했다. 단지
네 예상대로 봉인 후에 격리된 세계에서 살아가게 될 것
이라고는 말하지 않았을 뿐. 하지만 네 말에 의하면 레이
시라는 아직도 미련이 있을 것이라고 했지. 만약 내가 말
도 없이 사라지면 그녀가 슬퍼할 지도 모를 일이고. 그리
고 그걸 지금 너는 걱정하는 것이 아닌가?"

"……."

"그럼 네가 직접 레이시라의 미련을 없애 주면 되는 거
다. 즉, 다시 말해 그녀가 슬퍼하지 않도록 만들면 된다."

"무슨 수로?"

"지금은 한 육체에 둘의 인격이 있기 때문에 레이시라
는 그것을 눈치챌 수 있었다. 그녀는 그 데니크 영감탱이
를 뛰어넘을 정도로 큰 잠재력을 가진 매우 뛰어난 마법
사니까 말이야. 하지만 눈치를 채는 건 거기까지 뿐일 거
다."

"거기까지라니?"

"인격이 두 개가 존재한다는 것은 알지라도, 그게 누구
의 인격인지까지는 구분을 하지 못한다는 뜻이지. 여태까

지는 인격이 바뀔 경우 그에 따라 모습이 변했기에 그녀가 확실히 알아본 것이다. 하지만 만약 네가 완전히 내 모습으로 변하면 그녀는 알아채지 못할 것이다."

테리어드의 의미를 알아챈 테리언은 경악 어린 표정을 지었다.

결국 자신이 테리어드 행세를 하란 것이 아닌가.

테리어드는 그런 테리언의 심정을 읽었는지 어깨를 으쓱였다.

"쓸데없는 걱정을 하고 있군. 넌 나에게서 떨어져 나간 인격체. 어떻게 보면 너는 나이고, 나는 너다. 즉, 네가 테리어드가 된다 하더라도 아무런 하자도 없다는 뜻이다. 다만 여태까지는 내가 선을 긋고 있었기에, 내가 알고 있던 레이시라와 내 가족들을 만나도 기억은 할지언정 낯선 사람처럼 어색함을 느꼈을 테지. 하지만 네가 나로부터 독립하게 된다면 더 이상 어색함을 느끼지 않을 테니까 걱정할 필요 없다."

"너는…… 정말 아무렇지도 않은 거야? 내가 네 행세를 하게 되면 넌 정말로 사람들에게서 잊혀지는데도?"

"나는 그런 감정 따위는 이미 마모된 지 오래. 너는 모르겠지만 나는 이미 수십 번의 환생을 거듭하면서 그런 감정을 수도 없이 느껴 왔다. 수많은 인연들과 만났고, 수많은 인연들과 이별했지. 레이시라도 그중 한 명일 뿐. 만약 내가 레이시라만 특별히 여긴다면 그전에 만났던 인연들에게는 무엇이 되겠나? 그건 차별이겠지? 그렇기에 평등하게 대하는 것일 뿐이다."

이제는 너무나도 놀란 나머지 아예 할 말이 없어졌다.

저런 말을 아무렇지도 않게 할 수 있다니, 저게 정녕 사람이란 말인가.

도대체 얼마나 긴 삶을 살았으면 이별과 만남을 저렇게 담담하게 받아들일 수 있는 것인가.

테리언으로서는 도저히 이해할 수 없는 태도였다.

"시간이 다 되었군. 마지막으로 한마디 더하자면 일주일 후에 반드시 엘도흐 제국의 수도에 있는 수호자의 신전으로 향해라. 그곳이 최후의 봉인을 치를 장소가 될 테니까. 내 예전 동료들에게 미리 언질을 주었으니 수도로 향하면 알아서 해결해 줄 거다. 그럼 이만……."

"잠깐만!"

테리어드가 등을 돌리려 하자 테리언이 다급히 그를 불러 세웠다.

"또 무엇이지?"

"일주일이랬지? 그럼 그동안은 아직 나와 같이 이 세계에 있는 것이고?"

"그렇다만."

"그럼 그 일주일간만이라도 좋으니 네가 내 육체를 쓰

도록 해. 보아하니 그 헤미스피어의 마력은 이미 다 물리
친 것 같으니까 말이야."

"선심을 쓰는 건가? 나는 더 이상 미련이 없다고 했을
텐데."

"그래도 모르잖아. 그 일주일간 혹시 마음이 바뀔 수도
있고."

"마음이 바뀐다 할지라도 내가 격리된 세계에 가서 감
시자가 되어야 한다는 것에는 변함이 없다. 내가 아니면
할 사람이 없……."

"아냐! 분명 방법이 있을 거야. 아니, 없으면 만들 거
야. 그러니까……."

그러자 문득 테리어드가 한숨을 쉬었다.

"하아, 쓸데없는 고집을 부리긴. 뭐, 좋다. 그럼 일주
일간은 계속 내면 위로 올라와 있도록 하지. 다만 육체는
계속 네가 움직여라."

"뭐? 어째서?"

"나는 본체에 해당하는 인격. 반면 너는 나에게서 파생
된 인격이지. 만약 내가 육체를 되찾으면 자연스레 네 인
격은 나와 합쳐지려 하게 될 거다. 그럼 네 인격은 사라지
게 될 것이고. 넌 그걸 원치 않겠지? 그냥 넘어가려 했다
만, 저번에 무도회장에서 한 번 나왔을 때도 하마터면 네
인격이 내 인격과 동화되려는 것을 간신히 막을 수 있었

다. 그래도 나는 그나마 서로 인격을 분리하는 방법을 알고 있기에 현재 상태를 유지하는 거지만, 너는 그 방법을 해낼 수 없다. 가르쳐 준다 하더라도 일주일 내로는 결코 이해하는 것이 불가능하지."

어느덧 테리어드의 형체가 조금씩 흐릿해지기 시작했다. 테리언은 직감적으로 꿈에서 깨어날 시간이 되었음을 깨달았다.

"뭐. 그래도 좋다. 네가 그렇게 원하니 일주일 동안은 내면 위로 올라와 있도록 하겠다. 그래 봤자 달라질 것은 없겠지만."

테리어드의 마지막 한마디와 함께 캄캄했던 주변이 환해짐과 동시에 테리어드의 형체가 완전히 사라졌다.

그와 동시에 테리언은 아찔한 감각을 느끼며 의식을 잃었다.

*   *   *

"으음."

"정신이 드셨나요?"

"여기는?"

"제 방이에요."

서서히 눈을 뜨는 테리언의 눈앞에 아시리카가 보였다.

그녀는 상당히 걱정 어린 눈빛으로 테리언을 내려다보고 있었다.

"괜찮나요? 갑자기 기절하셔서 놀랐어요."

"걱정을 끼쳐 드려 죄송합니다. 큰 문제는 아니니 걱정하실 것 없습니다."

"죄송하긴요. 그보다 괜찮으시다니 다행이네요. 그런데 갑자기 일어난 와중에 실례되는 말씀이지만……."

"……?"

아시리카는 잠시 망설이는 기색을 보이더니 이윽고 결심한 듯 입을 열었다.

"분명히 기절하기 전에 저를 아실리라 부르셨던 것 같은데 제가 착각한 건가요?"

"네?"

테리언은 무슨 소리인가 싶어 잠시 기억을 되짚어 보았다.

잘 생각해 보니 두통이 오고 나서 기절하기 전에 무언가 환청을 들었고, 확실히 무어라 말한 기억은 있었다.

하지만 정확히 뭐라고 말한 지는 기억이 나지 않았기에 고개를 갸웃거릴 따름이었다.

바로 그때.

─아실리는 아시리카의 애칭이다.

머릿속에서 울려 퍼지는 듯한 익숙한 목소리가 들려왔다.

이건 틀림없는 테리어드의 목소리였다. 그리고 보니 분명 내면 위로 올라와 있겠다고 했는데 이런 식으로 말을 걸어 올 줄이야.

"저기, 테리언 씨?"

테리언이 한참 동안 말이 없자 아시리카가 왜 그러냐는 듯 물어왔다.

"아, 그러니까⋯⋯."

그때 테리어드가 테리언의 심정을 알아챘는지 다시금 말을 걸어왔다.

─남의 앞에서 말하기 곤란하면 그냥 속으로 말하듯이 생각해라. 그럼 말할 수 있을 거다.

그 말에 테리언은 속으로 말하듯이 생각했다.

'이렇게 하면 돼?'

─그래.

그러자 놀랍게도 테리어드가 알아들은 것인지 즉시 대답했다.

'그럼 아까 말한 소리는 뭐야? 아실리가 아시리카의 애칭이라니? 내가 그런 소리를 했단 말이야?'

─너와 나의 인격이 공명하면서 일어난 현상 때문에 그런 걸지도 모르겠군. 비록 내가 너와 인격을 나누고 있다고는 해도 완벽하지 않은 탓에 가끔씩 인격이 공명할 때가 있다. 그 공명하는 순간에 내 인격이 너에게 흘러 들어

가는 탓에 그런 거다. 두통을 느끼는 것도 그 와중에 일어나는 부작용이고. 물론 네 인격이 사라질 일은 없을 테니 걱정할 필요는 없다.

'그, 그럼 일단 지금은 뭐라 얼버무려?'

—굳이 속일 필요가 있나. 어차피 넌 테리어드가 된다. 네가 정말로 레이시라를 걱정한다면 되어야만 하겠지. 그리고 상대는 다름 아닌 현재의 나의 가족이다. 숨길 필요가 없다.

테리언은 뭔가 말해 주고 싶은 것이 있었지만 지금은 참기로 했다.

'……하지만 지금 내 모습은 네 모습이랑 다른 데 솔직하게 말해도 믿어 줄까?'

—정 원한다면 본래의 내 모습으로 변할 수도 있다. 현재 네 모습은 내가 정체를 숨기기 위해 만든 거짓된 모습이니까. 뭐, 정확히는 전생의 모습을 토대로 만든 것이기도 하지만.

'그런데 저번엔 네 모습으로 변하면 자연스레 인격이 너랑 바뀌었잖아?'

—그건 내 쪽에서 임의로 변경할 수 있으니 걱정할 필요 없다. 너는 결정이나 해라. 본모습을 밝힐 건지, 아니면 적당히 얼버무릴 건지. 하지만 언젠간 네 본모습을 보여 주어야 할 날이 올 거다. 왜 쓸데없이 지금은 감추려

하는 건지 모르겠다만 뭐, 네 자유니까.

테리언은 잠시 생각에 잠겼다.

여태까지는 자신의 과거에 대해 확신이 없었기에 정체가 밝혀지기를 꺼려 했다.

하지만 지금은 테리어드를 통해 전말을 알게 되었고, 앞으로 무엇을 해야 할지도 확고한 상태다.

하지만 테리언은 원치 않았다.

자신이 테리어드를 대신해야 한다니…….

테리언은 자신이 테리언으로 있기를 원했다.

그리고 테리어드는 그가 테리어드로 있기를 원했다.

테리어드는 고집이라며 단호하게 말했지만, 테리언은 반드시 어떤 수가 있을 것이라고 생각했다. 그렇지 않으면 곤란했다.

테리어드가 생각하는 방식은 결코 옳지 않으니까.

그렇게 생각하고 있으니까.

테리언이 테리언으로 있기 위해선, 테리어드가 테리어드로 있기 위해선!

일단은 진실을 숨겨야만 했다.

"아무래도 제가 말실수를 한 것 같습니다. 머리가 너무 아픈 나머지 경황이 없다 보니 실수로 황녀님의 본명을 말할 뻔했던 것 같습니다. 무례를 용서해 주시길."

"그런…… 건가요. 아니에요. 사과하실 필요 없어요.

누구나 실수는 할 수 있는 법이지요."

아시리카는 테리언의 대답에 어딘가 석연치 않았던 건지 말꼬리가 다소 늘어지는 듯 보였다. 그러나 캐묻고 싶지는 않았던 건지 이내 빠르게 수긍했다.

아시리카가 무언가 아쉬워하는 것 같은 분위기를 보이자 테리언은 착잡한 심정을 지울 수 없었다.

'조금만 기다려 주세요. 제가 반드시, 무슨 일이 있더라도 황녀님의 오라버니인 테리어드와 만나게 해 드리겠습니다.'

그 순간 끼어드는 테리어드의 목소리.

―아직도 쓸데없는 고집을 부리고 있군.

테리언의 생각을 읽은 듯한 테리어드가 그렇게 중얼거렸지만 테리언은 개의치 않았다.

반드시 이루고 마리라.

테리언이 연기하는 거짓된 테리어드의 모습이 아닌.

진정한 테리어드의 모습을 보여 주리라고.

모두가 진실된 행복을 느끼는 결말을 위해 노력하리라고 테리언은 다짐하고 또 다짐했다.

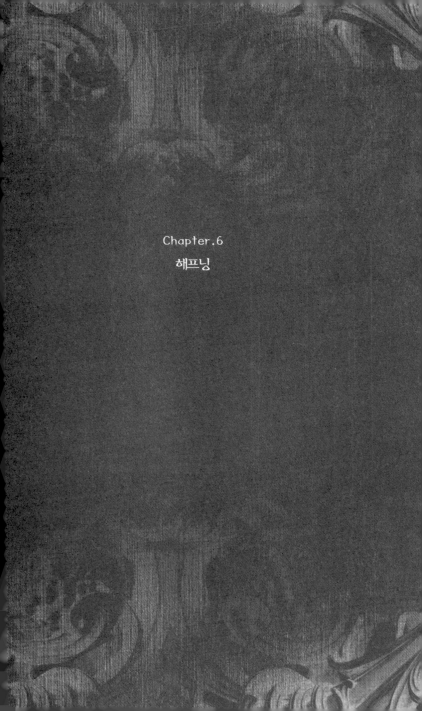

Chapter.6

해프닝

다음 날 아침.

가르네스 백작의 성에서 하룻밤을 묵은 아카데미 스카우트 일행과 황녀 일행은 다음 순회 지역인 유스핀으로 향할 채비를 하고 있었다.

하루만 묵고 떠날 예정이었기에 준비는 오래 걸리지 않았다.

다만 황녀 일행은 아무래도 황족이다 보니 아직 준비할 것이 남았는지 준비 시간이 길어졌고, 그사이 아젤리카는 아카데미 스카우트 부원을 모아 복습 겸 세니츠 마차에서 했던 브리핑을 하고 있었다.

"일단 사람들이 없는 거리를 지나갈 때는 황녀님들이

타고 있는 마차에 탑승해 이동할 예정이고, 사람들이 많은 장소에 지나갈 때는 말을 통해 이동할 예정이다. 우리 아카데미 스카우트 부원의 수는 총 8명. 황녀의 수는 5명인 관계로 제1황녀와 제2황녀는 한 명씩 붙고 나머지 황녀에겐 두 명씩 붙어 밀착 경호를 하게 될 거다."

가르네스 백작의 성에 오기 전, 세니츠의 마차를 타고 갈 때 누가 누구의 경호를 하게 될 것인지 의견이 분분했었다.

그 결과, 서로 간의 상의 끝에 제1황녀는 아젤리카, 제2황녀는 칼 리가, 제 3황녀는 네이젠과 네리, 제4황녀는 제네시드와 로리에, 제5황녀는 클레첼과 테리언이 경호하기로 결정이 났다.

문제는 말을 타고 이동할 때에 대한 것이었다.

테리언은 승마를 하지 못했다. 저번에도 한 번 세니츠 황녀를 맞이할 때도 승마를 하지 못하는 바람에 곤혹을 치른 적이 있었던 것.

그러나 그 점에 대해선 세니츠가 걱정하지 말라고 했기에 해결이 된 상태였다.

문제는 그 해결이 확실하지가 않은 것이었기에 테리언으로선 불안한 감을 떨쳐 낼 수가 없었지만.

도대체 어떤 식으로 승마 문제를 해결해 준다는 것일까.

테리언은 당연히 어떻게 해결해 줄 것이냐고 물었지만, 세니츠는 그때 가면 알게 될 거라며 대답을 회피했다.

그렇기에 걱정이 되었지만 어쩔 수 없는 노릇이었다.

뭐, 세니츠도 황녀인데 설마 거짓말이라도 하겠는가.

모두들 그런 생각이었기에 일단은 두고 보기로 한 터였다.

"자, 그럼 각자 자신이 호위하게 될 황녀의 방으로 이동하도록 하지. 호위는 한 번 시작되면 황녀들이 무사히 황궁 안까지 도달할 때까지 도중에 그만둘 수 없으니까. 그럼 해산."

아젤리카의 마지막 브리핑과 함께 각자 자신이 맡은 황녀들의 방으로 향하기 시작했다. 그리고 테리언과 클레첼도 제5황녀인 세니츠의 방으로 향하기 시작했다.

세니츠가 머무는 방은 가르네스 백작의 성의 4층에 있는 방이었다.

아젤리카와 칼리가는 마법사였기에 순간 이동을 통해 금방 모습을 감추었다.

제네시드와 로리에의 경우엔 로리에가 마법사였기에 제네시드의 손을 잡으며 역시 순간 이동으로 사라졌다.

네이젠과 네리의 경우엔 서로가 육체파 타입이다 보니 이동 속도가 상당히 빨랐기에 엄청난 속도로 도약하며 계단을 오르기 시작했다.

클레첼 역시 네리와 네이젠 못지않은 이동 속도를 자랑했지만, 테리언은 그렇지 않았기에 결국 같이 걸어 올라가야 하는 상황이었다.

다른 이들이 같이 순간 이동을 해 준다면 좋겠지만 테리언은 마법이 통하지 않았다.

그렇기에 어쩔 수 없이 따로 가야만 했다.

─정 마법을 하고 싶다면 내가 어떻게든 해 볼 수 있을 거다. 봉인 때문에 거창한 마법은 못 쓰지만, 순간 이동 같은 간단한 마법은 내가 도와주면 어느 정도 구사할 수 있을 것이다.

그때 테리어드의 목소리가 들려왔다.

마법이라…… 확실히 나쁘지 않은 소리이긴 했다.

'사양할게.'

그러나 테리언은 정중하게 거부했다.

마법은 '테리언'에게 있어선 어울리지 않는다.

테리언은 자신이 자신으로 있기를 원했으니까. 마법이 싫다는 건 아니었지만 그건 테리어드의 도움이 아닌 테리언 스스로 익히고 싶을 뿐이었다.

게다가 그뿐만이 아니더라도 마법을 할 줄 몰랐던 테리언이 갑자기 마법을 할 줄 안다면 괜히 주변이 시끄러워질 수 있었다.

무엇보다 의심을 살 우려가 있을 터였다. 특히나 자신

을 가장 의심하는 세니츠가 그 모습을 본다면 더욱 자신
이 테리어드라고 생각할 테지.

테리언은 그러기를 결코 원치 않았다.

테리어드는 테리어드의 모습으로, 테리언은 테리언의
모습으로 남아 있기를 원했…….

퍽!

"컥!"

"으응? 테리언?"

멍하니 있는 바람에 앞을 보지 못했던 테리언이 앞장서
서 계단에 올라가던 클레첼의 등에 부딪히고 말았다. 그
와 동시에 중심을 잃은 테리언은 그대로 몸이 뒤로 기우
는 아찔한 감각을 느꼈다.

참고로 현재 그들이 올라가는 계단의 수는 층마다 130
개를 자랑했다.

그런 계단에서 뒤로 넘어졌다간 대형 사고가 일어날 것
이리라.

균형을 잡기엔 이미 늦었다.

게다가 클레첼은 한 발 늦게 뒤를 돌아본 터라 손을 잡
아 주기에도 이미 늦은 상황이었다.

결국 클레첼은 반사적으로 테리언이 뒤로 넘어지려 하
자 몸을 날려 테리언을 품에 안았다.

물컹.

"으읍!"

각도상 위에서 테리언을 끌어안은 터였기에 자연스레 클레첼의 가슴 쪽으로 안면이 파묻힌 테리언.

그는 위기 상황을 느낄 새도 없이 얼굴이 확 달아오르는 것을 느꼈다.

쿠당탕탕!

테리언은 클레첼에게 끌어안긴 채 그대로 몸이 얽히고 설키며 계단 아래를 향해 구르고, 구르고, 또 굴렀다. 계단이 워낙 많았던 탓에 한 10초가량을 굴렀을까.

"크읏."

마침내 아래에 도착한 건지 움직임이 멈추자 클레첼이 짧은 신음을 흘렸다.

일반인이었다면 뼈가 부러지거나 골절이 일어나도 이상하지 않았을 상황이었지만 클레첼은 다름 아닌 신체 강화술의 소유자.

계단에 구르기 일보직전, 그녀는 전체적으로 신체를 강화했고, 그 덕분에 다친 곳은 전혀 없었다. 다만 머리가 크게 흔들렸던 탓에 잠시 정신을 차리지 못하고 있을 뿐이었다.

"테리언, 괜찮아?"

"어, 어어어음으으."

"테리언?"

눈을 찌푸린 채 바닥에 쓰러졌던 클레첼이 정신을 차린 듯 서서히 눈을 뜨며 테리언의 안부를 물었다. 그런데 테리언의 대답이 어딘가 이상했다.

마치 허를 찔린 나머지 당황하여 얼버무리는 듯한 그런 대답이랄까.

클레첼은 마침내 눈을 떠 자신의 앞을 바라보았다.

그리고는 끝내 사태를 파악하고 말았다.

"……."

"……."

공교롭게도 테리언의 얼굴은 클레첼의 양 허벅지에 파묻혀 있었다.

유감스럽게도 클레첼은 치마가 아닌 짝 달라붙는 바지였기에 팬티를 보이는 그런 돌발 상황은 일어나지 않았다.

하지만 여자의 사타구니에 얼굴을 묻는다는 것만으로도 충분히 수치심을 일으킬 수 있는 상황!

테리언은 천천히. 아주 천천히 고개를 들었다.

상반신까지 고개를 들어 보니 그녀의 전신이 미약하게 떨리고 있었다.

그리고 좀 더 고개를 들자 클레첼의 붉게 달아오른 얼굴이 보였다.

그 순간 테리언은 직감했다.

'신이시여.'

그리고 엎친 데 덮친 격 한마디 하는 테리어드.

—이 꽉 물어라. 좀 아플 거다.

그와 동시에 테리언의 시야가 번쩍해짐과 동시에 그대로 기절해 버렸다.

다행히도 테리언은 테리어드의 배려로 금방 정신을 차릴 수 있었다.

테리언은 무언가가 머리를 받쳐 주고 있는 듯한 기분에 눈을 떴다. 그러자 그의 시야에는 걱정 어린 표정으로 그를 내려다보는 클레첼이 있었다. 아무래도 무릎 베개를 해 주고 있었던 모양이었다.

"정신이 들어?"

"아, 으응."

"미안해. 나도 모르게 그만……."

그건 분명한 실수였다.

클레첼도 그것을 알고 있었는지 미안함을 느끼고 있었다.

테리언은 그런 클레첼을 바라보며 괜찮다는 말과 함께 피식 웃어 보였다.

그 후 몸을 일으킨 테리언과 클레첼은 다시금 세니츠가 있는 방으로 서둘러 향했다.

"아윽."

계단을 오르던 테리언은 돌연 볼이 욱신거리는 것을 느끼자 저도 모르게 신음을 내뱉었다.

"괘, 괜찮아? 테리언?"

"아하하. 괜찮으니까 걱정할 필요 없어."

사실 전혀 괜찮지 않았다.

보통 여자들은 남자에게 수치심을 느낄 경우, 평범한 여자들 손바닥으로 뺨을 때리는 것이 보통이었다.

그러나 클레첼은 격투가인 만큼 손바닥이 아닌 호쾌한 주먹을 날린 탓에 테리언은 뇌가 진탕되는 맛을 느껴야 했다.

더군다나 테리언을 구하기 위해 몸을 날릴 순간 전신에 신체 강화술을 시전 했던 상태 그대로 날린 주먹이었지 않은가. 그것도 당황한 나머지 힘 조절도 제대로 하지 못하고 날렸던 주먹을 말이다.

일반인이라면 머리의 뼈 어딘가가 박살이 나거나 뇌출혈이 일어나도 이상하지 않았을 것이다.

다행히도 테리언의 육체에 걸린 봉인 중에는 육체를 보호하는 능력을 겸비한 봉인이 있었기에 망정이었다.

그 능력이 아니었더라면 테리언은 벌써 사경을 헤매고 있었으리라.

"늦어! 왜 이리 늦었냐고!"

겨우 세니츠의 방에 들어서자 이미 만반의 준비를 갖춘

세니츠가 양손에 허리를 짚으며 앙칼지게 소리쳤다.

테리언과 클레첼은 죄송하다며 연신 고개를 숙였다.

—흐음. 이 기운을 보니 세니츠인가.

그때 테리언의 머릿속에서 테리어드의 목소리가 들렸다.

'뭐야. 마치 오랜만에 보는 사람처럼 말하네? 저번에도 몇 차례 만났었잖아?'

—내면에 들어가 있을 때에는 바깥의 상황을 알 수 없다. 지금은 내면 위로 올라와 너와 같은 시야를 공유하고 있으니 알게 된 거다.

'흐음. 그렇구나. 그래서 소감은?'

—소감? 뭐, 그냥 많이 컸다는 정도인가.

'오랜만에 만난 가족인데 뭐야, 그 시시한 감상은?'

—누누이 말했을 텐데. 나는 그런 감정은 마모되었다고.

'네네. 어련하시겠습니까.'

테리언은 여유를 가지기로 했다.

사람에게는 각자의 가치관이란 것이 있으며, 그것은 쉽사리 변할 수 있는 것이 아니니까. 바쁠수록 돌아가라는 말도 있지 않은가.

테리어드도 얼마나 살았던 간에 결국에는 인간이다.

인간으로 태어난 이상, 분명 마음속 어딘가에 아직 정

이 남아 있을 것이라고 테리언은 확신했다.

마모된 것이 아니다.

단지, 단지 너무 그 정이 마음속 깊은 곳에 파묻혀 버린 나머지 망각하고 있을 따름이다.

단지 테리언은 그 정이라는 싹이 다시금 트게 하기 위해 물을 주며 기다릴 뿐이었다.

잔뜩 뿔이 난 세니츠를 진정시킨 테리언과 클레첼은 모든 준비를 끝마친 후 가르네스 백작의 성에서 나왔다.

세니츠 일행을 제외한 다른 황녀 일행은 이미 바깥에 나와 소소한 잡담을 나누고 있었다. 순회를 하면서 밀착 호위를 하는 것인 만큼, 어느 정도 친해질 필요성이 있었기 때문이리라.

아젤리카와 칼리가 쪽은 경험자이다 보니 그리 생생한 대화는 오고 가지 않았다.

아젤리카와 칼리가의 평소 행실이 얌전한 것도 한몫 했지만 말이다.

반면 네이젠과 네리 쪽은 제법 이야기가 오고 가고 있었다.

네이젠이야 아젤리카와 칼리가와 마찬가지로 황녀들과는 구면이었기에 어색할 것이 없었지만 네리는 초면이었다.

더불어 네리 자체가 조용한 타입이었기에 가만히 내버

려 두면 어색한 분위기를 만들 수도 있었을 터였다.

하지만 다행히도 네이젠이 워낙 붙임성이 있는 편이었기에 제3황녀와 네리 사이에서 주선하면서 어색한 분위기는 돌지 않을 수 있었다.

"로리에 양이라고 하셨죠? 우와. 이 머릿결 좀 봐! 엄청 부드럽네요! 도대체 어떻게 관리를 하면 이런 머릿결을 가질 수 있는 거죠? 게다가 외모는 어쩜 이렇게 아름다우세요? 저도 외모라면 다른 언니들한테 안 꿇린다고 생각했는데 로리에 양을 보니 제가 너무 자만했던 것 같아서 부끄러울 정도네요."

"하하하……."

"게다가 제네시드 양에겐 깜짝 놀랐어요. 저번에 만날 때까지만 해도 남자 교복을 입으셨기에 당연히 남자이거니 생각했는데 여성 분이셨을 줄이야! 그렇게 여성스럽게 차려입고 다니시니 얼마나 보기 좋은지 몰라요. 무슨 사정이 있으신지 모르겠지만 남장 차림보다는 그런 모습으로 계셔 주면 좋겠어요!"

"네…… 명심하겠습니다."

반면 로리에와 제네시드 쪽은 화기애애한 대화가 오고 갔다.

그것도 제4황녀가 신이 나서 말을 걸어 댔기에 좀처럼 대화가 끊길 줄을 몰랐다.

"흥, 율리아 언니의 폭풍 수다가 또 시작됐네. 한 번 폭풍이 몰아치면 끝을 볼 때까지 멈추지 않는 수다지. 저 분들은 정말 안 됐어. 아마 순회가 끝날 때까지 계속 저 수다를 들어야 될 거야."

한편, 그 모습을 지켜보던 세니츠는 한심하다는 표정으로 율리아 일행을 바라보며 한숨을 쉬었다.

그때, 율리아를 바라보던 로리에가 인기척을 느꼈는지 세니츠 일행 쪽으로 시선을 돌렸다.

그리고는 잠시 표정이 밝아지는가 싶더니 율리아에게 무어라 말한 후 세니츠 일행 쪽으로 다가왔다.

로리에는 다름 아닌 테리언에게 볼일이 있었는지 테리 언의 앞에 서며 말했다.

"테리언 오빠. 할 이야기가 있어."

"할 이야기?"

테리언은 무슨 이야기를 하려는가 싶었지만, 딱히 거절할 이유도 없었기에 고개를 끄덕이려 했다.

그러다 문득 아차 싶어 세니츠 쪽을 바라보았다. 앞으로 그녀의 호위를 맡게 된 것인 만큼 함부로 단독 행동을 할 수 없다고 아젤리카가 말했기 때문이었다.

테리언의 시선과 마주한 세니츠는 양손을 허리에 짚으며 말했다.

"갔다 와도 좋아. 어차피 한번 마차에 올라 순회를 시

작하면 순회 지점에 도달할 때까지 서로 대화할 시간이
거의 없을 테니까. 할 이야기가 있다면 얼른 하고 와."

"감사합니…… 으아앗?"

세니츠의 허락을 맡기 무섭게 테리언은 로리에에게 손
을 붙잡히더니 끌려가듯이 어디론가 향하기 시작했다.

도대체 무슨 이야기를 하고 싶은 것이기에 저렇게도 서
두르는 것일까.

로리에는 가르네스 백작의 성의 오른쪽 코너로 돌아 황
녀 일행들의 모습이 시야에서 완전히 사라지고 나서야 발
걸음을 멈추었다.

굳이 이렇게 멀리까지 와서 이야기할 필요가 있는 것일
까.

결국 궁금함을 참지 못한 테리언이 먼저 입을 열었다.

"무슨 일인데 이런 곳까지 와서 이야기하자는 거야?"

로리에가 테리언 쪽으로 고개를 홱 돌리자 테리언은 저
도 모르게 바짝 긴장이 들었다.

그녀의 표정을 보니 상당히 심상치 않은 분위기가 감돌
고 있었던 것이다.

그러나 심각한 분위기와는 달리 로리에의 입에서 나온
말은 의외로 평범했다.

"그냥 이야기를 좀 하고 싶었어."

"이야기?"

"생각해 보니 아카데미 무도회 이후로 오빠랑 이야기했던 적이 거의 없었다고."

"……그렇긴 했지."

사실 무도회 전에도 테리언과 로리에는 반이 달랐던 탓에 이야기를 할 기회가 거의 없었다.

그나마 주말이나 점심시간 때나 만났지, 마음 편히 이야기를 한 적은 없었던 것.

그런데 무도회 사건 이후로 테리언의 성격이 바뀌면서부터는 더욱 로리에와 만나기 힘들어졌다.

특히나 세니츠가 자꾸 달라붙는 탓에 이리저리 피해 다니다 보니 공교롭게도 로리에와도 만나지 못했던 것이다.

하지만 단순히 그런 것 때문에 이런 곳까지 불려 와 저렇게 분위기를 잡을 필요가 있었던 것일까.

테리언이 그런 의문을 품고 있던 찰나 로리에가 기어들어가는 목소리로 말했다.

"엄청 기대했단 말이야. 그날 아버지한테 아무런 연락도 듣지 못했는데 갑자기 오빠가 전학 와 버려서…… 얼마나 보고 싶었는데……. 그래도 이렇게 만났으니 앞으로는 자주 이야기 할 수 있겠거니 했는데……. 이게 뭐야. 오빠는 만날 이리 치이고 저리 치이고."

"로리에……."

"게다가 오빠 말이야. 뭔가 이상해. 처음 아카데미에서 만났을 땐 예전처럼 달리 행동하는 가 싶다가도 갑자기 어느 순간부터 다시 옛날처럼 행동하고……. 혹시 뭔 일이라도 있었던 거야?"

"그건……."

차마 테리어드에 대한 이야기는 할 수 없었기에 테리언은 섣불리 대답하지 못했다. 로리에는 그 모습을 보고는 시무룩한 표정으로 말했다.

"혹시 나한테는 말할 수 없는 거야?"

"아니……. 그건 아닌데 조금 설명하기가 복잡하다고 해야 하나? 조금 곤란한 것도 있고……. 그래도 로리에가 못 미더워서 그런 건 아니니까! 네가 걱정할 정도로 심각한 건 아니야."

"우으으으."

테리언의 애매모호한 대답에 로리에는 울상이 되었다.

그러자 테리어드가 한심하다는 어조로 한마디했다.

—그냥 사정을 설명하면 될 것을 왜 그렇게 빙 돌아가려는지 모르겠군.

'그건 절대 안 돼. 설명하려면 한참 걸릴 거고, 그런 허황되어 보이는 사실, 믿어 주기나 할 거 같아?'

테리언만 해도 이런 상황에 처하지만 않았어도 결코 믿지 못했을 사실이었으니까 말이다.

게다가 테리언은 자신이 테리어드의 복제 인격이라는

사실은 다른 이들에게 알리고 싶지 않았다.

테리언이 원하는 것은 자신이 테리어드와 별개라는 것을 다른 이들에게 알리는 것이지, 자신이 테리어드와 동일인이라는 것을 알리는 것이 아니다.

그리고 그 목적을 위해선 이 사실은 무덤까지 가지고 가야만 했다.

문제는 그러기 위해선 테리어드와 테리언이 전부 이 세계에 있어야 하며, 서로 각자의 육체를 가지고 있어야 한다는 것이었다.

육체 정도라면 테리어드가 어떻게든 할 수 있는 듯 보였지만, 그는 헤미스피어와 같이 격리된 세계에 가야만 하는 처지.

얼핏 보면 테리어드 말대로 테리언은 단순히 고집을 부리는 것이었다. 그러나 테리언은 안 된다고 해서 쉽게 포기하고 싶지 않았다. 안 된다는 걸 알아도 되게 만들어 보이고 싶었다.

그렇지 않으면 안 되니까.

그렇지 않으면 곤란하니까.

"어쨌든 믿어 줘. 정말로 별거 아니야. 로리에가 걱정을 해 줄 정도까지는 아니야."

테리언은 분위기를 환기시키기 위해 로리에를 다독이며 말했다.

그러자 어느 정도 침울했던 표정이 풀어지기 시작하는 로리에였다.

그 모습에 겨우내 안도의 한숨을 내쉬려던 찰나.

"그런데 말이야, 오빠."

"응?"

"혹시 오빠는 좋아하는 사람 있어?"

"뭐, 뭐어?"

로리에의 기습 질문에 테리언은 당황을 감출 수 없었다.

"반응을 보니까 있구나."

"그…… 그런데 그건 갑자기 왜 물어보는 건데?"

"질문은 내가 먼저 했어, 오빠."

아까 전까지만 해도 침울한 표정을 짓던 로리에는 어디로 갔는지 지금의 로리에는 의심의 눈초리로 테리언을 주시하고 있었다.

말해 주기 전까진 절대로 물러서지 않겠다는 각오 서린 눈빛!

"이, 있을 리가 없잖아."

"정말?"

"그래, 정말이야."

테리언은 어째서 로리에가 저런 질문을 하는지 이해할 수 없었다.

"거짓말."

"거짓말을 할 리가 없잖아. 내가 왜 로리에에게 거짓말을 해야 하는데?"

다소 당황스러운 질문이긴 했지만 테리언은 결코 거짓말을 하지 않았다.

솔직히 말해 누굴 좋아할 틈이 없었다.

아카데미 편입 초기부터 혁명의 소년이니, 멸망의 운석을 막아 낸 자니 하면서 조용할 날이 없었다.

거기에 엎친 데 덮친 격, 무도회 전의 테리언은 말 그대로 철부지가 없었기에 누굴 좋아하니 싫어하니 하는 마음을 느낄 수가 없었다.

게다가 워낙 가만히 있지를 못하는 성격도 한몫 했었고 말이다.

무도회 사건 이후는 더했다.

테리언이 미소년으로 변하는 바람에 주변의 학생들로부터 끊임없는 질문 공세가 이어져 정신이 없었다.

게다가 그걸 눈치챈 세니츠는 끈덕지게 달라붙기까지 했으니 누굴 좋아라 할 틈이 없었던 것이다.

"정말이지?"

"정말이야."

"정말로, 정말이지?"

"정말로, 정말이야."

로리에가 왜 저런 질문을 물어보는지 테리언은 알아채지 못했지만, 그저 사실대로만 대답할 따름이었다.

테리언의 기색을 살피는 듯, 다부진 표정으로 뚫어져라 이곳저곳을 쳐다보는 로리에는 이윽고 한 발자국 뒤로 물러섰다.

"그럼 됐어."

로리에가 뒷짐을 지며 뒤로 확 돌아서자 그녀의 긴 머리카락이 나부끼며 좋은 향기가 퍼졌다.

"어서 돌아가자. 황녀님들이 기다리고 있겠다."

"으응."

그러다 로리에가 테리언 쪽을 돌아보며 상큼한 눈웃음을 지어 보였다.

그 모습에 테리언은 왠지 모르게 가슴이 두근거리는 것을 느꼈다.

로리에가 먼저 황녀 일행 쪽으로 걸어 나가기 시작하자 문득 테리어드의 목소리가 들려왔다.

"으음……."

'왜 그래? 뭐 할 말이라도 있어?'

"아니, 아무것도 아니다."

무언가 의미심장한 목소리였지만, 굳이 캐물을 이유가 없었기에 테리언은 그저 고개를 갸웃거릴 따름이었다.

*　　*　　*

　다음 순회 지역인 주요 도시 유스핀으로 향하는 길은 평탄하기 그지없었다.

　도시 접경 지역에 도달할 때까지는 마차에 타고 가기만 하면 되었기에 아카데미 스카우트 일행들이 별달리 해야 할 일은 없었던 것.

　그나마 마차 안에서 황녀들과 소소한 이야기를 나누는 것이 전부일 뿐이었다.

　본격적으로 그들이 활동해야 할 순간은 접경 지역에 도달하는 순간부터였다.

　알바토에서 유스핀까지의 거리는 마차를 통해 이동한다고 가정하면 사흘이 걸렸다.

　그만큼 엘도흐 제국이 넓다는 뜻이었을까. 사흘 내내 그들은 마차에서 잠들며 부지런하게 유스핀으로 향했다.

　그러던 중 황녀 일행은 네리아스의 폭포에서 잠시 쉬었다 가기로 했다.

　한 번 도시 안으로 들어서면 많은 인파 속을 헤치고 나가야 했으니 최상의 컨디션을 유지할 필요성이 있었던 것. 참고로 네리아스의 폭포는 엘도흐 제국의 유명 관광 지역 중 하나였다.

　폭포의 절경도 한몫 했지만 무엇보다 이곳은 휴양지로

개발이 된 터라 피서를 즐기기에는 그만이라는 것이었다.

쉬었다 가기로 예정된 곳이었던 만큼, 네리아스의 폭포 근처에 세워진 대형 여관의 주인이 미리 나와 황녀 일행을 맞이했다. 더불어 이 여관은 엘도흐 제국의 황가의 승인을 받아 공식적으로 이 폭포 일대의 땅을 관리 및 운영하고 있었다. 그런 만큼 개발이 된 탓에 물놀이를 할 수 있는 장소도 있었으며 마법으로 만든 온천탕도 존재했다.

"와아. 이게 폭포라는 거구나. 처음 봤어!"

시원하게 물줄기를 뿌리며 떨어지는 거대한 폭포의 모습을 보며 네리는 솔직한 감상을 말했다.

"보기만 해도 시원해 보여요."

클레첼 역시 반가운 표정을 지으며 이마에 송골송골 맺힌 땀을 훔쳐 냈다.

사실 이곳은 부유한 상인이나 귀족들이 이용하는 곳이라 꽤나 이용료가 비싼 곳이었다.

원래 서민들이라면 돈 엄청 깨질 각오를 하고 와야 하는 곳이었지만, 현재는 황녀들이 같이 있는 상황.

당연히 엘도흐 제국의 황가 측에서 부담을 해 주었기에 아카데미 스카우트 일행들은 부담 없이 이용할 수 있었다.

클레첼과 클레아, 네리, 로리에는 물놀이를 하기 위해 탈의실로 향했다. 그리고 제4황녀와 세니츠도 그들과 같이 합류했다.

참고로 탈의실에는 옷이 젖을 것을 대비해 여관에서 물놀이 전용 복장을 따로 대여한다는 모양이었다.

그 옷은 특수 마법 처리가 되어 있어서 물놀이의 쾌적함을 최상으로 끌어 올릴 수 있다나 라나.

나머지 황녀들은 여관 안에서 쉬기로 결정했다.

한편 아젤리카와 칼리가는 물에는 들어가지 않고, 일광욕만 할 예정이었는지 눕기 편한 의자를 세팅하고 있었다.

"네이젠, 어디가?"

"아아. 나는 온천욕이나 하려고."

그때 다른 일행과는 달리 혼자서 다른 방향으로 향하는 네이젠에게 말을 건 테리언은 황당한 표정을 지었다.

이런 무더운 날에 온천이라니!

그런 테리언의 표정을 눈치챘는지 네이젠은 씨익 웃으며 설명했다.

"이 온천에는 남자에겐 매우 좋은 곳이라고 소문났거든."

"남자에겐 매우 좋은 곳?"

"그래. 불끈불끈한 힘을 샘솟게 해 주지."

손바닥을 움켜쥐었다 피며 설명하는 네이젠의 눈빛이 묘하게 번뜩였다.

테리언은 무엇이 불끈불끈한 힘을 샘솟게 해 주는지 이해하지 못해 고개를 갸웃거렸다.

다만 네이젠이 격투가인 만큼 아무래도 힘을 기르기 위해서 그런가 보다 싶어 그러려니 할 따름이었다.

그렇게 네이젠이 온천 쪽으로 향하고 나자 마차 근처에는 테리언과 제네시드만이 남았다.

테리언은 덥기도 하니 클레첼들을 따라 폭포에 향하려고 하다가 문득 결정을 짓지 못한 건지 우물쭈물거리는 제네시드가 신경 쓰여 다가갔다.

"왜 그러고 서 있어?"

"그게……."

"설마 마차 안에서 쉴 생각은 아니겠지?"

참고로 마차 안은 현재 심각하게 더웠다.

여름인 만큼 밀폐된 공간이다 보니 창문을 연다 하더라도 상당히 더웠기에 마차에서 쉰다는 것은 정신 나간 짓이나 다름없었다.

물론 마차 안에 특수 마법 처리로 된 냉방 기능이 존재하긴 했지만, 더운 만큼 마력이 빨리 소진되는지라 황녀의 허락 없이 함부로 사용할 수는 없었다.

다행히도 제네시드는 마차 안에서 쉴 생각은 아니었는지 고개를 도리도리 저었다.

"난 애들 따라 물에 들어가려는데 넌 안 들어갈 거야?"

"으음."

"아니면 아젤리카처럼 여관 안에서 쉬어도 된다고? 아

까 들어 보니 여관 전체에 냉방 마법이 걸려 있다고 했으니 들어가면 시원할 거야."

"아냐. 나도 물놀이 하고 싶은데……."

"싶은데?"

제네시드는 양손을 가슴에 모으고 살짝 고개를 숙였다.

그 얼굴에는 묘하게 홍조가 감돌고 있었다. 무언가 부끄러워한다는 것만 같았다.

아니나 다를까, 제네시드는 몸을 배배 꼬며 말했다.

"솔직히 저 옷들은 못 입겠어."

"저 옷?"

제네시드가 어느 한쪽을 손가락으로 가리켰고, 그곳을 바라보자 때마침 탈의실 쪽에서 물놀이를 하기로 한 일행들이 모습을 드러냈다.

"헉."

물놀이 전용 복장이라더니 마치 속옷과 비슷한 옷차림에 테리언은 숨을 삼켰다.

가슴과 엉덩이를 제외한 모든 부위가 적나라하게 드러나는 복장.

하지만 확실히 시원해 보였고, 물놀이를 하기 쾌적해 보인다는 것은 사실이었다.

"왠지 속옷 같아서 부끄러워서."

"후훗. 하지만 옷이 물에 젖어서 들러붙는 것보다는 낫지 않아?"

"그렇긴 해도……."

클레첼이 가슴을 양손으로 가린 채 쑥스러워하는 반면 세니츠는 빈약한 가슴을 당당히 편 채 물가를 향해 달려가더니 그대로 몸을 던졌다.

황녀답지 않은 처신이었지만, 그것이 세니츠다운 모습이었기에 그 누구도 나무라지 않았다.

한편 율리아도 거리낌 없이 등장하더니 조심스레 물가에 발을 담갔다.

몇 차례 입어 본 적이 있는 듯한 황녀들과는 달리, 클레첼들은 처음 입어 본 탓에 많이 부끄러워하는 모습이 상당히 대조적이었다.

물론 그런 거 관계없이 바라보는 입장인 테리언은 흐뭇할 따름이었지만.

그러다 문득 제네시드가 왜 망설이고 있는지 깨달은 테리언은 '아아' 하면서 제네시드의 어깨를 가볍게 두드렸다.

"저 복장이 부끄러워서 못 입는 거구나. 이해해, 쟤네들만 해도 부끄러워서 어쩔 줄을 몰라 하는 것 같으니까 말이야."

"아니. 그것도 그렇긴 하지만……."

"응?"

"솔직히 아직 몸매를 드러내기가 두려워."

"아……."

양손으로 자신의 몸을 감싼 채, 제네시드는 침울한 표정을 지었다.

그 모습에 테리언은 그제야 제네시드가 왜 저러는지 깨달을 수 있었다.

예전에만 해도 제네시드는 헤르마프로 병을 앓고 있었다.

남자도 여자도 아닌 어중간한 존재.

심지어 생식기도 남자의 것과 여자의 것이 동시에 있어, 그로 인해 주변 학생들에게 괴물 취급받거나 놀림을 당하기 일쑤였다.

그랬기에 제네시드는 다른 이들에게 자신의 몸을 잘 드러내지 않으려고 했다.

지금은 다행히도 병이 나은 듯 했지만, 트라우마라는 것은 그리 쉽사리 떨쳐 낼 수 있는 것이 아니니까 말이다.

그때 테리언은 의문이 들었다.

그렇게 부끄러우면 그냥 여관에 들어가서 쉬면 될 것을 왜 굳이 여관에도 들어가지 않고 탈의실에도 가지 않은 채 마차 앞에서 우물쭈물 거리고 있단 말인가?

"하지만 테리언이 도와준다면……."

"응? 뭐라고?"

"테리언이 도와준다면 가능할지도."

"도와줘?"

무슨 소리를 하는 것일까.

말의 흐름을 보아 저 물놀이 전용 복장을 입는 것을 말하는 걸지도 몰랐다.

하지만 그거에 관련되어서 자신이 무슨 도움을 줄 수 있다는 걸까?

그런 의문에 테리언은 의아한 표정으로 물었다.

"뭘 어떻게 도와줘야 하는데?"

"도와줄 거야?"

"내 도움이 필요한 거라면 당연히 도와줘야지."

"나중에 딴소리 하기 없기다?"

"응? 어, 그래……."

마치 테리언이 나중에 가서 철회라도 할까 봐 두려워하는 듯한 제네시드.

그 모습에 테리언은 더욱 의문이 증폭되었다.

자신이 나중에 가서 마음이 바뀔 우려를 할 정도로 어려운 부탁인 걸까?

그 순간 제네시드가 움직이기 시작했기에 테리언도 그녀를 따라 걷기 시작했다.

방향은 다름 아닌 탈의실 쪽.

탈의실 앞에 도착하자 입구는 남자 탈의실과 여자 탈의

실로 나뉘어 있는 것이 보였다.

테리언은 아무 생각 없이 남자 탈의실로 들어가려 했지만 갑자기 뒤에서 제네시드가 옷자락을 잡아당기는 바람에 잠시 휘청거리고 말았다.

깜짝 놀란 테리언이 왜 그러냐는 듯 쳐다보자 제네시드가 아까 보다 한층 붉어진 얼굴로 여자 탈의실을 가리켰다.

"같이 와 줘."

"뭐……?"

"오늘은 황녀님들이 여관 전체를 빌렸으니 다른 외부인들은 안 들어올 거야."

"아니, 그게 문제가 아니라 왜 내가 여자 탈의실에 들어가야 되는 건데!"

"안 도와줄 거야?"

제네시드가 시무룩한 표정으로 테리언을 바라보았다.

완전히 여자로 변한 이후로 더욱 그 아름다움이 빛나는 제네시드의 모습.

그런 얼굴로 눈을 글썽이듯이 바라보니 테리언은 절대로 거부할 수 없는 위압감을 느껴 숨이 막힐 것만 같았다.

"하아. 알았어. 대신 오해 생길 일이 벌어지면 네가 꼭 해명해 줘야 해. 안 그러면 곤란해지니까."

"응. 고마워."

테리언은 영 떨어지지 않는 발걸음을 억지로 내딛으며 제네시드를 따라 여자 탈의실로 들어갔다.

그러면서도 주변을 둘러보며 누가 바라보고 있지는 않은지 꼼꼼히 확인했다.

여자 탈의실 안으로 들어서자 제네시드는 잠시 기다리라는 말과 함께 탈의실 한쪽 구석으로 향했다.

테리언은 왜 그러나 싶으면서도 초조하게 제네시드가 오기만을 기다리다가 문득 생각이 나 테리어드를 불렀다.

'테리어드. 그러고 보니 말이야. 왜 갑자기 내 성격이 이렇게 변했더라?'

—설명 안 했었나. 너와 나의 인격이 수차례 공명하면서 자연스레 인격이 성장한 탓이다. 간단하게 설명하자면 인위적으로 철이 들게 된 것이라 보면 된다. 원리를 설명하자면 반나절이 걸릴 텐데 그래도 듣겠나?

'아니. 그건 사양할게. 그럼 말이야. 다시 원래의 나로 돌아가게 할 수는 없는 거야?'

—왜 굳이 그러려는 건지는 모르겠다만 대답은 불가능하다. 사람의 인격에 대해선 신이라 할지라도 간섭할 수 없다. 그건 인간 고유의 영역이니까. 그나마 나처럼 인격 간에 선을 긋는 것도 애를 먹어 가면서 하는데, 인격을 변화시키는 것이 가능하리라 생각하나?

'그래⋯⋯?'

테리언은 다소 아쉬움을 느꼈다.

주변 애들이 워낙 자신이 달라졌다니 뭐니 하면서 씁쓸한 얼굴들을 하기에 혹시나 예전처럼 돌아갈 수는 있지 않을까 싶었다.

적어도 진정으로 행복을 느끼던 때는 순수하게 가슴을 만지는 것을 좋아하는 생각 없던 자신이었을 때였으니까.

그러나 그때 테리어드가 내뱉은 한마디에 테리언은 정신이 확 깨는 것을 느꼈다.

―하지만 행여나 가능하다 하더라도 그때로 돌아간다면 지금의 네가 하려는 그 고집을 행하지 못할 거다. 지금 네가 하려는 그 고집은 철이 들어야만 생각할 수 있는 행동이니까. 예전의 너로 돌아간다면 결코 하지 못할 거다. 아니, 행여나 한다 하더라도 제대로 된 답을 찾지 못할 수도 있을 테지.

'으윽…….'

듣고 보니 옳은 말이었다.

지금 테리언이 마음먹은 다짐은 지금의 테리언이기에 할 수 있는 다짐이었다.

예전의 자신이라면 결코 하지 못했으리라.

그저 그러려니 하고 설렁설렁 넘어가려거나 혹은 아무런 생각도 없었겠지.

결국 테리언은 여전히 이런 자신의 성격이 영 어색했지

만, 차차 익숙해지기로 마음먹었다.

과거가 어찌 되었든 간에 이제 테리언이 해야 할 일은 현재니까.

지금 자신에게 주어진 일에 최선을 다할 뿐이었다.

"테리언……."

그때 옷을 갈아입으러 갔었던 제네시드의 목소리가 들려왔기에 테리언은 상념에서 깨어났다.

그런데 제네시드의 목소리가 어딘가 이상하게 들렸다. 마치 부끄러운 나머지 기어 들어가는 듯한 목소리였다.

"다 입었…… 어?"

아무 생각 없이 제네시드 쪽으로 고개를 돌렸던 테리언은 얼이 빠진 목소리를 내며 제네시드를 바라보았다.

사실 먼저 입고 나왔던 로리에라든지, 클레첼, 네리들도 충분히 넋을 놓기에 충분한 몸매들이었다. 하지만 그 순간에는 너무 한꺼번에 봐서 그런 것이었을까?

그녀들을 봤을 때와는 달리 제네시드의 경우에는 완전히 넋을 잃어버리고 말았다.

무엇보다 원래는 있어서는 안 될 여자 탈의실에 있다는 것과, 그것도 단 둘이서 대면하고 있다는 이상야릇한 분위기 때문이 아니었을까.

테리언은 제네시드 사이에 감도는 묘한 분위기에 심장이 세차게 뛰는 것을 느꼈다.

너무 크지도, 작지도 않은 적당한 볼륨감을 자랑하는 가슴, 잘록한 허리와 매끈한 허벅지, 탄탄한 엉덩이에 섹시한 각선미를 숨김없이 드러내고 있는 제네시드의 모습은 그냥 보기만 해도 정신이 아찔할 정도였다.

그런데 저렇게 몸을 배배 꼬면서 쑥스러워하기까지 하니 테리언에게 있어선 완전히 미칠 노릇이었다.

물론 좋은 의미의 말이었지만.

—침이 흐를 지경이겠군. 정신 차려라.

'아.'

테리어드의 목소리에 퍼뜩 정신을 차린 테리언은 정말로 침이 흐르는 줄 알고 고개를 숙여 입가를 닦았다.

그러다 문득 말똥말똥한 눈동자로 자신을 쳐다보는 제네시드의 시선을 느끼고서는 입가를 긁는 척을 하면서 무슨 일 있었냐는 듯 태연자약한 표정을 지었다.

"그, 그래서? 나는 뭘 도와주면 되는 거야?"

"으응. 그게 말이야. 아직 다른 사람들에게 몸매를 드러내기 부끄럽지만, 그래도 언제까지고 피할 수는 없으니까……. 그래서 먼저 테리언에게 보여 주면서 용기를 가지고 싶었어."

"그래……? 그럼 그냥 쳐다만 보면 되는 거야?"

테리언은 여자 탈의실에 있어야 한다는 점이 부담스럽기는 했지만 쳐다보는 것 정도라면 큰 무리는 아니라고 생각했다.

그러나…….

"그것도 그런데 말이야. ……괜찮아진 것 같아?"

"괜찮다니? 뭐가?"

"가…… 가슴 말이야."

"가, 가슴? 그…… 그런 걸 왜 나한테 물어보는 거야?"

당황한 나머지 허겁지겁 대답하는 테리언.

그러자 제네시드가 고개를 갸웃거렸다.

"그야 테리언이 예전에 내 가슴을 관리해 준다고 했었잖아."

"아……?"

테리언은 허를 찔린 듯한 표정을 지었다.

차라리 기억나지 않았으면 궁색한 변명이라도 늘어놓았을 것을 가슴이라는 이야기를 듣는 순간 바로 떠오르고 말았다.

그것은 아직 제네시드의 병이 낫지 않았을 때였다.

제네시드가 여자로 되기로 결심했던 날, 제네시드를 여자답게 만들어 주기 위해 테리언이 가장 먼저 꺼낸 방법. 그건 바로 가슴이었다.

여자의 상징이자 여자의 자존심인 가슴!

그 당시까지만 해도 그런 마인드의 소유자였던 테리언

은 제네시드를 여자답게 만들기 위해 그녀에게 가슴과 관련된 조언을 이것저것 조언해 주었다.

심지어는 가슴을 만지면 커진다는 속설을 정말로 믿고 있었던 테리언은 그걸 제네시드에게도 알려 주면서 수차례 가슴을 만지기까지 했다.

우스갯소리로 말하자면 제네시드의 전문 트레이너 격이었던 셈.

무도회장 사건 이후 정신적 성숙을 겪게 된 이후로는 그런 자신의 행동이 잘못됨을 깨닫고는 그만두었지만, 제네시드에겐 아직 통보하지 않았던 상황이었다.

"으음. 괘, 괜찮네."

"그래? 이 정도면 사람들이 이상하게 생각 안 하겠지?"

설마 그런 사람이 있을 리가 있겠는가.

저 완벽한 볼륨감과 크기를 자랑하는 가슴을 이상하게 생각하는 이가 있다면 그자는 틀림없는 정신 이상자일 것이 틀림없었다.

"물론이지. 내가 가슴에 관해선 모르는 게 없잖아. 날 믿어."

"으응, 그랬지. 고마워."

애써 당당하게 대답하는 테리언의 모습을 믿음직하게 생각했는데 제네시드가 홍조를 띠우며 감사 어린 눈빛을 보냈다.

솔직한 심정으로는 과거의 일은 흑역사로 치부하고 그냥 자연스레 얼버무리고 어물쩍 넘어가려고 했던 테리언이었다.

그런데 설마 이런 곳에 복병이 숨어 있었을 줄이야!

"자, 그럼 어서 우리도 물놀이 하러 가자. 나도 옷을 갈아입어야 하니까."

테리언은 애써 대화를 마무리 지으며 여자 탈의실을 나가려 했다.

이 정도면 충분히 제네시드에게 도움을 줬으리라고 생각했던 것이다.

"테, 테리언!"

"응?"

하지만 테리언이 여자 탈의실을 나가기 일보직전, 제네시드가 테리언을 불러 세웠다.

아직 용건이 남아 있었단 말인가.

테리언이 고개를 돌리자 제네시드가 마치 뭐 마려운 사람처럼 몸을 배배 꼬고 있었다.

더불어 모기 우는 소리까지 내는 것이 뭔가 상당히 부끄러움을 느끼고 있음을 알게 했다.

설마 아니겠지. 또 뭔가 남아 있는 건 아니겠지.

테리언의 머릿속에 설마 하는 그런 불길한 생각들이 교

차하던 찰나.

그 설마가 끝내 제네시드의 입에서 터져 나오고 말았다.

"한 번 만져 볼래?"

"뭐를……?"

"내 가슴 말이야. 테리언은 가슴에 대해 잘 아니까 확인해 줬으면 좋겠어."

제네시드는 양손을 가볍게 가슴 위로 얹으며 고개를 살짝 숙인 채, 테리언을 향해 눈동자만 지긋이 올려다보았다.

그 모습이 얼마나 사랑스러운지 일반 남성이었다면 이성을 잃고 와락 안아 버린다든가, 덮쳐 버렸을지도 몰랐다.

그리고 현재 테리언도 그런 일반의 범주에 속한 상황이었기에 이성과 본능이 인내심의 경계선상에서 아슬아슬한 줄다리기를 하고 있었던 찰나였다.

—흐음. 가슴이라. 그러고 보니 만져본 지 꽤 된 것 같군.

'뭐?'

갑작스럽게 끼어든 테리어드의 한마디는 이성이 줄다리기의 승자가 되게 만들었다.

테리언은 알고 있었다.

테리어드와 공명하면서 보았던 그의 과거 중에선 테리어드가 어느 날을 계기로부터 가슴광이 되었다는 것을.

자신의 여동생들인 황녀들의 가슴을 만지는 건 기본이며, 황궁 내의 모든 시녀들의 가슴을 전부 만져 본 존재.

따지고 보면 테리언보다 몇 수 위에 있다고 볼 수 있는 이른바 바스트 오브 킹!

—흠, 그리고 보면 지금까지 네가 만난 여성들은 전부 가슴이 훌륭했지. 잠시 봉인 관련 일 때문에 잊고 있었는데 마침 잘되었군. 오랜만에 가슴을 만져 보고 싶다는 생각이 들었다. 이거 위험을 무릅쓰고 다시 내가 육체를 조종해야······.

'무, 무슨 소리를 하는 거야!'

—거짓말이다. 앞으로 한 번 더 시도했다간 인격에 손상이 갈 수도 있을 테니까.

'하아. 깜짝 놀랐잖······.'

—다만 직접 조종은 불가능하더라도 간접적으로는 가능하지. 네가 느끼는 감각은 나도 임의로 공유 및 조종이 가능하니까.

'뭐?'

테리언이 사태를 파악하기도 전에 테리어드가 한 발 앞섰다.

마치 누군가에게 조종이라도 당하는 듯, 앞으로 튕겨지

듯이 성큼성큼 걸어 나가는 테리언.

"테, 테리언?"

제네시드는 갑자기 적극적으로 나오는 테리언의 모습에 적지 않게 당황했다.

자신이 만져 달라고는 했지만, 왠지 모를 당황감에 한 발자국 뒤로 물러나려는 순간이었다.

마치 바다를 유영하는 한 마리의 물고기처럼 현란하게 제네시드의 뒤로 돌아선 테리언은 거리낌 없이 양손을 들어 제네시드의 가슴을 부드럽게 움켜쥐었다.

"꺄앗!?"

"상당히 훌륭하군. 한 손에 풍성하게 들어오는 가슴의 크기. 탱탱하면서도 적당한 탄성력과 부드러운 감촉. 미래의 좋은 신부가 될 수 있겠어."

"테…… 테리언? 갑자기 변한 것 같은……."

"변하긴. 원래 이게 내 모습인 걸 잊었나."

제네시드의 귓가에 대고 상냥하게, 그리고 끈적끈적하게 대답하는 테리언.

정확히는 테리언을 조종하는 테리어드가 말한 것이었다.

'그만둬, 그만두라고!'

—뭘 그만 두라는 거지. 지금 너도 좋아하고 있지 않나.

'하지만!'

—다른 이들은 속일 수 있을지 몰라도 나는 속일 수 없다. 나는 너의 생각을 읽을 수 있으니까. 그리고 나한테 그만두라고 할 필요 없이 네가 알아서 움직이면 될 일이다.

'뭐?'

—나는 어디까지나 내면 위에서 너를 간접적으로 조종하는 것일 뿐. 육체를 조종하는 우선권은 너에게 있다.

쉽게 말하자면 저항할 생각이 있었더라면 이런 일은 없었을 것이라는 소리였다.

완전히 빼도 박도 못한 상황에 어쩔 줄 몰라 하는 테리언.

하지만 현재 제네시드의 가슴을 움켜쥐고 있는 양손에서 느껴지는 기분 좋은 감촉은 너무나도 중독적이었기에 쉽사리 뗄 수가 없었다.

정신적 성숙을 겪었다 하더라도 본능은 가슴의 감촉을 기억하고 있었던 것일까.

어쩌면 이성에 억눌린 탓에 여태까지 본능이 욕구불만 상태가 되어 버린 걸지도 몰랐다.

한 번 가슴을 움켜쥐니 아무리 이성이 그만두라고 해도 본능이 계속 가슴을 움켜쥐라고 명령하고 있었다.

오히려 그걸 넘어서 행동하기에 앞서 뇌를 거쳐 해야 할 판단 여부를 생략했는지, 마치 살아 있는 생물이 된 것

마냥 손은 다시금 제네시드의 가슴을 만지작거리기 시작했다.

상냥하면서도 천천히, 부드러우면서도 절도 있게.

"하우웃!?"

혀가 꼬였는지 제네시드가 귀여운 신음 소리를 냈다.

하도 오랫동안 안 만지다가 만진 탓이었을까.

아니면 제네시드의 가슴이 워낙 훌륭했던 탓일까.

한번 물꼬가 트이기 시작하니 테리언의 손길은 좀처럼 제네시드의 가슴에서 벗어나질 못했다.

'제발 그만두라고 말해 줘, 제네시드! 그러면 당장에 그만둘 수 있을 텐데!'

테리언은 속으로 미친 듯이 애원했다.

그러나 제네시드는 한 치의 저항도 없이 가만히 있을 따름이었다.

오히려 등을 테리언에게 기대기까지 했다.

이건 뭐 마음대로 하라는 결정타나 다름없는 셈.

그나마 다행인 것은 뒤로 돈 탓에 제네시드의 표정을 확인할 수 없다는 것이었다.

만약 표정까지 바라보았다면 테리언은 최후의 이성마저도 완전히 끊겨 버렸으리라.

지금 제네시드가 짓는 표정은 천하의 냉혈남인 아젤리카가 바라보더라도 녹아내릴 정도로 사랑스러운 표정을 짓고 있었으니까.

그러나 유희는 거기까지였다.

"오빠아아! 클레아랑 같이 놀자!"

"클레아, 갑자기 어딜 가는 거야!"

갑자기 탈의실 출구 쪽에서 들려오는 클레아와 클레첼의 목소리에 테리언의 이성은 순식간에 본능을 밀어내고 다시금 육체를 지배해 제 일을 하기 시작했다.

과열되었던 머릿속은 순식간에 냉각되기 시작했으며 한껏 달아올랐던 얼굴 근육은 싸하게 굳어 버렸다.

그리고 마주쳐 버렸다.

제네시드의 등 뒤에서 가슴을 움켜쥐고 있는 테리언. 그리고 탈의실 안으로 들어선 클레아와 클레첼.

그리고 마지막 결정타.

"후아아아."

제네시드는 다리의 힘이 풀렸는지 맥 빠진 한숨과 함께 그대로 자리에서 풀썩 주저앉았다.

"하. 하하. 아하하하……."

앞으로 어떤 일이 벌어질지 예상하며 허탈한 웃음을 짓는 테리언이었다.

*　　　*　　　*

호위 경험이 전무했던 클레첼과 네리, 로리에와 테리언은 상상 이상으로 더욱 호황을 누리고 있는 엘도흐 제국의 축제의 현장에 혀를 내둘러야 했다.

그나마 알바토에 향할 때까지만 해도 그냥 많이 붐비는 정도구나 싶었다.

그러나 황녀 일행과 합류해서 가니 수많은 인파들이 마차 근처에 몰리는 바람에 한 치도 쉴 틈이 없었다.

그중에서 놀라웠던 건 세니츠였다.

테리언의 부족한 승마 실력을 어떻게 메꾸는가 싶었더니만, 놀랍게도 마법을 사용하여 직접 말을 조종해 준 것이었다.

살아 있는 존재를 조종한다는 것은 쉬운 일이 아니었기에 아카데미 스카우트 일행은 다시금 황녀들이 얼마나 수준급의 마법사인지를 절감해야 했다.

주요 길목을 한차례 빙 돈 황녀 일행은 유스핀을 다스리는 테라스 백작의 성에서 하룻밤을 묵은 후 계속해서 다음 순회 지역을 돌았다.

호위 경험이 전무했던 이들은 생각보다 호위 자체는 그리 어렵지 않음을 느꼈다.

그저 황녀의 마차 옆에서 말을 탄 채로 같이 따라다니기만 하면 되는 것이었으니까.

다만 누군가의 습격을 받는다면 꽤나 골치 아파지겠지

만, 다행히도 황녀의 마차를 습격하는 당돌한 이들은 존재하지 않았다.

그렇게 수일간의 순회가 끝나고 마침내 황녀 일행은 최종 도착지인 엘도흐 제국의 수도에 도달했다. 하지만 아카데미 스카우트 일행들은 긴장의 끈을 놓을 수 없었다.

엘도흐 제국의 수도야말로 메인 요리라 할 수 있는, 호위 중 가장 스트레스를 받는 구간이었기 때문이었다.

사람이 가장 많이 붐비는 것은 물론, 머리를 어지럽게 만드는 소음은 기본이었다.

가끔가다 개념 없는 어린애들이 마차의 행렬에 끼어들어 난장판을 만들 때도 있었기에 아카데미 스카우트 일행은 정신을 바짝 차려야만 했다.

다행히 이런 일에는 능숙한 아젤리카와 칼리가가 나서서 마법을 사용해 멋지게 마무리해 준 덕분에 다른 일행은 다소 편히 호위를 할 수 있었다.

"수고 많으셨어요. 프로티나 아카데미 학생 여러분들."

그리고 마침내 몇 주간의 기나긴 여정이 끝이 났다.

엘도흐 황궁 앞에 도착하자 제1황녀 아시리카는 프로티나 아카데미 부원들을 향해 감사의 인사를 전했다.

이것으로 아카데미 스카우트 부원들의 일은 끝이 났다고 볼 수 있었지만, 황녀들은 아직 끝난 것이 아니었다.

그녀들은 황궁 안에서 열릴 연회, 달리 말하자면 피로

연이 남아 있었던 것. 결국 황녀들은 준비를 위해 먼저 황궁 안으로 들어서야 했다.

한편 잠깐이었지만, 신입인 네리나 클레첼들에게 정이 들었던 것인지 제3황녀와 제4황녀는 아쉬운 눈빛을 보내왔다.

대신 나중에 초대장을 보내 줄 테니 꼭 다시 만나자는 기약을 남기며 황궁으로 들어서 버렸다.

이것이 바로 아카데미 스카우트 부원들이 누릴 수 있는 최대의 특혜.

대륙 이곳저곳에 의뢰를 받으며 인맥을 쌓아 가는 순간이었다.

그렇게 서로 작별 인사를 나누며 대다수의 황녀들은 황궁으로 들어갔으나 제5황녀인 세니츠만은 아직 들어가지 않은 채 황궁 입구 앞에 기다리고 있었다.

그녀가 누구를 기다리는지는 말하지 않아도 알리라.

"빨리 오라고, 1시간 후면 연회 시작한단 말이야."

"알겠어요. 그전에 일단 일행들 먼저 마중하구요."

"금방 끝내고 와."

세니츠에게 들은 바에 의하면 황녀의 파트너로서 황궁 안에 들어가면 하루 동안은 황궁 내에 머물러야 한다고 한다.

반면 그 외의 외부인은 출입 금지였기에 다른 아카데미

스카우트 일행과는 잠시 작별해야 했다.

올 때와는 달리 돌아갈 때는 텔레포트 게이트를 이용해서 가면 다섯 게이트만 거치면 금방 갈 수 있었다.

그렇기에 아카데미 스카우트 일행은 황녀들의 배려하에 특급 텔레포트 게이트의 앞에 섰다.

"프로티나 아카데미에서 다시 만나자."

먼저 돌아가는 일행들을 보며 테리언은 손을 흔들며 배웅을 했다.

그러자 아젤리카가 한숨을 탁 내뱉더니 안경을 고쳐 쓰며 말했다.

"잘 해내고 와라. 괜히 실수해서 프로티나 아카데미 명성에 먹칠하지나 말고."

"그럴 일은 없을 테니 걱정 붙들어 매셔."

인사를 끝마친 아젤리카가 먼저 텔레포트 게이트 안으로 들어갔다.

칼리가는 딱히 테리언과 친하지 않았기에 '이하동문이다' 라는 짧은 한마디와 함께 아젤리카를 따라 들어갔다.

그 다음에는 테리언에게 파트너가 되기를 반강제적으로 밀어붙였던 네이젠이었다.

"뭐, 부담 가질 거 없어. 그냥 즐긴다고 생각하면 편해."

"네가 직접 들어가 보기라도 한 것처럼 말한다?"

"아하하하. 죽으러 가는 것도 아닌데 걱정 할 필요가 있냐는 거지. 열심히 해, 긴장하지 말고."

"그래."

테리언의 등을 팡팡 두드린 네이젠은 씨익 웃어 보인 후, 칼리가의 뒤를 따라 게이트 안으로 들어갔다.

다음은 네리 차례였다.

"너무 긴장할 필요 없을 거야. 세니츠 황녀님은 대단하신 분이니까 분명 에스코트 해 주실 거야."

"어이. 보통 에스코트는 남자가 하는 거라고."

"그, 그래도 테리언은 초심자니까! 예외인 거야!"

마법으로 말을 조종해 테리언의 승마를 도왔던 세니츠의 모습이 강렬한 인상을 남겼던 탓인지, 네리는 세니츠만 믿으라며 양손을 가슴 부근까지 들어 주먹을 쥐어 보였다.

마치 힘내라는 느낌의 포즈 같았다.

네리와의 인사를 끝내자 텔레포트 게이트 앞에는 클레첼과 클레아, 그리고 로리에와 제네시드만이 남아 있었다.

"어서 가지 않고 뭐해?"

그녀들이 텔레포트 게이트에 들어가지 않고 우물쭈물 거리자 테리언은 왜 그러냐는 듯 고개를 갸웃거렸다.

문득 표정들을 보자니 하나같이 어딘가 걱정이 가득해 보이는 얼굴들이었다.

그럴 수밖에 없었다.

현재 남은 그녀들은 가장 테리언을 신경 쓰고 있는 존재들이었다.

그만큼 테리언에게 많은 변화가 있었음을 알고 있었고, 그렇기에 더욱 걱정이 될 수밖에 없었던 것이다.

테리언도 그런 면을 눈치채지 못할 정도로 둔하진 않았기에 한 손을 허리에 짚으며 힘 빠진 미소를 지어 보였다.

"걱정 말라니까. 네이젠 말대로 죽으러 가는 것도 아니잖아? 잘 해내고 올 테니까 걱정할 필요 없다고."

그러자 다들 하나둘씩 말없이 텔레포트 게이트 안으로 들어가는 듯 보였다.

그 와중에 클레아는 테리언과 계속 있다고 싶다고 떼를 부렸으나, 테리언이 머리를 쓰다듬어 주고 달래서야 겨우내 설득해 돌려보낼 수 있었다.

그리고 마지막으로 남은 로리에 역시 텔레포트 게이트 안으로 들어가려다가 다시금 고개를 돌려 테리언을 바라보았다.

테리언은 눈치채지 못했지만, 그 누구보다도 가장 테리언을 생각해 주었던 소녀.

그랬기에 그녀만큼은 쉽사리 발걸음을 떼지 못했다.

"오빠······."

어째서일까. 발걸음이 쉽게 떨어지지가 않았다.

어차피 내일이면 만날 텐데 왜 이리도 걱정이 드는 것일까.

로리에는 원인 모를 걱정에 안절부절 못해하며 테리언을 애처롭게 바라보았다.

사실 로리에만 그런 감정을 느낀 것이 아니었다.

내색하지는 않았지만 클레첼도, 제네시드도.

마지막 순간에 그런 알 수 없는 불길함을 느꼈던 탓에 쉽사리 발걸음을 떼지 못했던 것이다.

"하아."

결국 보다 못한 테리언은 한숨을 쉬며 로리에에게 다가와 머리를 쓱쓱 쓰다듬어 주었다.

"걱정 마. 아무 일도 없을 테니까."

"……."

"왜 그래? 마치 영원히 이별하는 사람 같은 표정을 짓고."

"하지만……."

불길한 예감이 든다.

그러나 그 불길함의 이유를 알 수 없었기에 로리에는 섣불리 대답할 수가 없었다.

"뭐야. 정말로 그렇게 느끼고 있었던 거야? 설마 내가 널 두고 떠나겠어?"

"뭐하는 거야! 무슨 전쟁이라도 나가는 병사도 아니고

뭐 이리 작별 시간이 길어?"

그래도 영 시원찮은 표정을 짓는 로리에의 모습에 테리언은 안 되겠다 싶었다. 황궁 앞에서는 세니츠가 빨리 오라며 재촉하기까지 하니 테리언은 로리에를 달래기 위한 수단으로 최후의 방법을 쓰기로 했다.

"아직 나는 할 일이 있다고."

"할 일?"

"로턴 아저씨가 약속했거든. 프로티나 아카데미를 졸업하면 네 가슴을 마음껏 만져도 된다고 말이야."

"……!"

로리에의 얼굴이 확 달아오르자 테리언은 피식 웃으며 로리에의 양어깨에 손을 짚었다.

"그걸 위해서라도 반드시 돌아가야겠지? 물론 로턴 아저씨도 장난으로 한 말이니 신경 쓸 필요 없어. 가슴은 그냥 해 본 말이고 사실은 여행……."

"……되, 되니까."

"응?"

"만져도…… 되니까."

의외의 대답에 테리언은 잠시 한 방 얻어맞은 듯한 얼굴이 되었다.

부끄러운 나머지 홍조를 띄우고 있었음에도 할 말은 꼭 해야겠다는 고집 어린 표정이 그렇게 귀여울 수가 없었다.

"그러니까 꼭 돌아와야 해? 왠지 이상한 말처럼 들리겠지만……."

"응, 명심할게. 그럼 내일 보자."

그제야 마침내 결정이 섰는지 로리에는 텔레포트 게이트를 향해 한 걸음 내딛었다.

그러다 다시 고개를 돌리더니 못내 아쉬운 얼굴로 테리언을 바라보았다.

테리언은 손을 흔들고 있을 따름이었다.

주먹 쥔 손을 가슴 가운데 얹은 채 잠시 눈빛을 내리깔던 로리에.

결국 결정이 선 듯, 그녀는 텔레포트 게이트 안으로 무거운 발걸음을 옮겼다.

그렇게 모두가 게이트 안으로 들어갔을까.

"하아아아."

여태까지 줄곧 태연한 표정을 짓고 있던 테리언이 땅이 꺼져라 긴 한숨을 내쉬었다.

솔직히 테리언은 그녀들이 갑자기 걱정 어린 표정으로 자신을 바라보니 눈치를 챈 것만 같은 기분을 느꼈다. 절대로 눈치챘을 리가 없다는 걸 알면서도 속으로는 계속 불안함을 느꼈던 것이다.

그들은 자신이 그저 세니츠의 파트너로서 황궁에 가는 것만 알지만…….

테리언에게 있어서는 최후의 결전이나 다름없는 장소였다.

사실 테리언이 사서 고생을 하는 걸지도 몰랐다.

테리어드는 테리언에게 새로운 육체를 주겠다고 했으며, 테리언은 그저 그 육체를 고맙게 받고 끝내면 될 일이었다. 하지만 거기에는 자신이 테리어드 역을 해야 된다는 추가 조건이 따라붙었다.

테리언은 그것이 너무나 싫었다.

테리어드가 알고 지냈던 이들이 자신을 테리어드라고 믿는 상황을, 테리언이 아닌, 테리어드를 기다리는 레이시라 자신을 테리어드라 믿으며 반기게 될 상황을.

테리언은 결단코 원하지 않았다.

행여나 이것이 자신이 고집이라 할지라도, 결국엔 마지막은 헛수고였다는 것을 알게 될지라도!

아무것도 안 하고 결과에 순응하고 싶지는 않았다.

테리언은 텔레포트 게이트에서 몸을 돌려 세니츠가 기다리는 엘도흐 황궁을 바라보았다.

모두가 진정한 행복을 느낄 수 있는 결말을 위해.

테리언의 두 주먹을 꽈악 쥐며 결전의 장소를 향해 한 발자국 나아가기 시작했다.

*   *   *

프리크
freak

"너무 긴장하지 마. 지나치게 긴장하면 잘할 수 있는 것도 제대로 해내지 못할 테니까."

피로연이 열리는 홀의 입구.

두 겹의 형태를 띤 프릴로 꾸며진 선홍빛 전신 드레스를 입은 세니츠가 테리언의 어깨를 두드리며 위로를 했다.

테리언의 표정이 워낙 굳어 있었기에 겉으로 보면 긴장한 탓으로 보였을지도 모르겠지만 사실 앞으로 열릴 피로연 때문만은 아니었다.

헤미스피어의 최후의 봉인을 앞둔 상태.

테리어드는 이제 시간이 없다고 말했다.

오늘 내로 최후의 봉인을 진행하지 않으면 헤미스피어는 봉인을 깨고 현 세계에 강림한다. 그리고 그 순간은 세계의 멸망으로 이어지게 되리라.

봉인이 이루어지는 때는 피로연이 끝나는 순간.

엘도흐 황궁 내부에 존재하는 수호자의 신전에서 이루어질 것이라 테리어드는 말했다.

차라리 봉인이 확정이 된 일이라면 다소 안심했을지도 모른다.

하지만 테리어드는 최후의 봉인의 순간, 헤미스피어가 발악을 할지도 모른다고 했기에 절대로 안심할 수 없다고 전했다.

즉, 최후의 봉인이 성공하리라는 장담은 없다는 소리였다.

"그, 그런데 말이야."

속으로 이런저런 생각을 하고 있던 테리언은 갑자기 세니츠가 소매를 잡아당기는 바람에 상념에서 깨어났다.

"무슨 일이십니까?"

"사실 황녀의 파트너가 된 사람은 이번 피로연에서 뭔가를 보여 줘야 되거든……."

"보여 준다니요? 뭘를요?"

"그…… 있잖아! 황녀가 데려온 파트너라면 무언가 있겠구나…… 이런 거 말이야! 우리나라는 물론이며, 다른 나라에서 온 귀족들과 유명 인사들이 한가득 있는 곳이라고? 엘도흐 제국의 황녀나 되는 사람이 평범한 사람을 데리고 오면 망신살이라고!"

"그, 그런 소리는 한 번도 안 했잖아요!"

"할 필요가 없었지! 원래 계획은 네가 테리어드 오라버니로 변한 모습을 다른 이들에게도 보여 줄 생각이었으니까! 그런데 네가 비밀로 해 달라는 바람에 이렇게 된 거라고!"

"……."

테리언은 기가 막힌 나머지 할 말을 잃었다.

안 그래도 최후의 봉인과 관련되어 정신이 팔려 있는

데, 이런 곳에서 발목이 붙잡힐 줄이야!

"아! 그래도 저는 마법을 무효화할 수 있는 힘이 있잖아요? 그러니까 그걸 이용하면⋯⋯."

그러나 세니츠는 힘없이 고개를 저으며 말했다.

"피로연이 열리는 장소에서 마법은 그 어떠한 경우라 할지라도 시전이 금지되어 있어. 게다가 그 장소에는 마법을 시전하기 힘들게 하도록 마나의 흐름을 흩트리게 만드는 광역 마법진까지 걸려 있고."

즉, 마법과 관련된 재능을 보여 주는 것은 무리라는 것이었다.

"그럼 마법사들의 경우는 어떻게 되는데요?"

"뭔 소리야?"

"그러니까 황녀님들이 데리고 온 파트너 중 유능한 마법사를 데리고 온다면 어떻게 되냐는 거예요. 뭔가를 보여 주어야 한다면서요? 마법사는 마법이 특기인데⋯⋯."

그러자 세니츠는 답답하다는 듯 한숨을 내쉬었다.

"하아⋯⋯ 마법사들은 굳이 마법 시연을 하지 않아도 그 자체만으로도 고유의 마나의 흐름을 느낄 수 있어서 대단한 마법사인지 아닌지 가늠할 수 있어. 하지만 넌 그것도 아니잖아."

"으으."

어떻게든 변명이라도 해 보려고 했지만 소용없는 짓이

었다.

결국 현재 테리언이 그들에게 보여 줄 수 있는 것은 아무것도 없다는 소리.

솔직한 심정으로는 왜 굳이 뭔가를 보여 줘야 한다는 것인지 이해할 수 없었다.

다만 나라의 황족은 명예를 중요시 여긴다는 이야기를 언뜻 들은 적이 있었던 것 같은 생각이 들었다. 게다가 그거 가지고 뭐라 할 수는 없는 더더욱 없는 노릇이었고 말이다.

결국 세니츠는 체념한 듯 말했다.

"에휴. 일단 그냥 들어가자."

"네? 하지만 그럼 황녀님이……."

"이제 와서 머리 쓴다고 뭐 나오겠어? 오히려 이러고 있다가 늦게 들어가면 눈총이라도 받을 테니 어서 들어가자고. 어차피 나는 황녀들 중에서 가장 관심 밖에 있는 황녀니까, 크게 신경도 안 쓸 거야."

그렇게 말하는 세니츠의 모습은 다소 침울해져 있었다.

사실 이건 세니츠가 자초한 일이었다.

테리언은 극구 하기 싫다고 했는데도 억지로 떠밀어 파트너가 된 것이니까.

테리언이 잘못한 이유는 그 어디에도 없었지만, 테리언은 어째서인지 미안한 마음이 가득이었다.

'어이, 테리어드. 뭔가 좋은 수는 없는 거야?'

혹시나 싶어 테리어드에게도 물어보자 그가 하는 말.

—수는 있다. 다만 그 수를 쓰지 않겠다고 고집을 부린 건 너라는 걸 잊지 마라.

'그게 무슨 소리야?'

—현재 귀족들의 시선을 사로잡을 수 있는 건 마법, 혹은 나의 본 모습을 드러내는 것. 현재로서 내가 도와줄 수 있는 건 이뿐이다. 하지만 넌 나와 차별화하기 위해 마법을 배우지 않겠다고 했지. 본 모습으로 변하기도 싫다고 했고.

'젠장…… 그럼 방법이 없는 건가.'

저벅.

그 순간 테리언의 등 뒤로 발걸음 소리가 들려왔다.

반사적으로 고개를 돌려보니 그곳에는 의외의 인물들이 서 있었다.

"걱정하실 필요 없습니다. 세니츠 황녀님."

"데니크 할아범! 그리고 그쪽은……."

화려한 금실을 수놓은 최고급 로브를 입고 있는 데니크의 등장이었다.

그리고 그 옆에는 다소 왜소해 보이는 체격의 소녀가 서 있었다.

"오랜만입니다. 기억하시지 못하시겠지만 과거 엘도흐

제국의 황궁 마법단에서 활동했던 세이나라고 합니다. 지금은 프로티나 아카데미의 이사장을 맡고 있지요."

"세이나라고? 하지만 세이나는 소문에 의하면 중년의 여인이라고 들었는데 그대는 너무 어리지 않은가?"

"그게 개인적인 사정이 있어서 말입니다. 그보다 파트너 관련 일로 걱정하신 듯 보이셨습니다만⋯⋯. 무례한 참견일지도 모르겠습니다만 인맥을 내세우는 건 어떠시겠는지요?"

"인맥?"

"그렇습니다. 여기 계신 데니크 단장님과 제가 저기 있는 테리언 학생과 긴밀한 관계의 사이라는 것을 어필하면 됩니다."

다소 침울해져 있던 세니츠의 표정이 미묘하지만 밝아졌다.

확실히 데니크와 세이나는 인맥으로서 내세우기엔 최적의 인물이라 볼 수 있었다.

강대국 엘도흐 제국의 황실 마법단을 이끄는 단장 데니크, 명실상부 최고의 아카데미라 칭송 받는 프로티나 아카데미를 운영하는 세이나 이사장.

하지만 이것만으로는 무언가 부족했다.

분명 저 둘은 인맥으로선 최고라 치부할 수 있었지만, 두 명만 가지고는 다소 모자란 감이 있었던 것이다.

"그럼 그 인맥에 저희들도 참여해도 되겠습니까?"

바로 그 순간, 데니크와 세이나의 뒤에 이어 또 다른 이들의 인기척이 느껴졌다.

그 존재들과 마주한 세니츠는 두 눈동자가 휘둥그레 커졌다.

"당신들은……?"

"저의 경우는 인맥이라고 내세우기도 다소 왜소할지도 모르겠으나 조금이라도 도움이 된다면 좋겠습니다. 하지만 여기 계신 분이라면 확실히 인맥으로서 든든하실 겁니다."

아카데미 스카우트 일행과 같이 오던 도중 엘도흐 제국의 국경에서 헤어졌던 존재들.

프로티나 왕국의 최고의 기사이자 대륙의 10명 안에 드는 실력을 가진 기사, 카르반 남작이었다. 그리고 그가 보좌하고 있는 존재는 다름 아닌 프로티나 왕국의 공주.

가장 껄끄러웠던 대상이지만, 이제는 담담히 대면해야 할 대상인 레이시라의 등장이었다.

"……."

여전히 말이 없으며 표정은 마치 인형처럼 무뚝뚝하다.

더불어 감정조차 드러내지 않았지만 그렇기에 공주라는 느낌이 물씬 풍겨지는 레이시라.

게다가 이번에는 귀족들이 모이는 장소에 온 만큼 화려

한 드레스를 입고 있어 테리언은 잠시 얼이 빠져야만 했다.

로리에나 제네시드도 충분히 남자들의 정신을 못 차리게 만드는 미모였지만 레이시라는 아예 혼을 쏙 빼놓는 수준의 미모였다.

테리언은 모르고 있었지만 레이시라는 과거 엘도흐 제국의 연회에 불려 갔던 시절에도 남성 귀족들의 모든 시선을 사로잡게 만드는 인물이었다.

말 그대로 남자라면 모두가 초미의 관심사였던 셈.

그런 존재와 인맥 관계를 가지고 있다면 더할 나위 없이 인맥이라는 장점을 내세워도 꿇리지 않으리라.

결국 인맥 쪽으로 내세우기로 이야기가 정리가 되고 마침내 피로연이 열리는 장소로 들어간 세니츠 일행.

안에는 엘도흐 제국이 주최하에 열리는 곳인 만큼 많은 귀족들이 담소를 나누며 술잔을 기울이고 있었다.

최후의 봉인에 신경 쓰자는 생각에 피로연에 대해선 전혀 생각하지 않았던 테리언은 막상 안으로 들어서자 괜스레 긴장이 곤두서는 것이 느껴졌다.

세니츠에게 들은 바로는 딱히 큰일을 하는 것은 아니라고 했다.

그저 엘도흐 제국 건립일을 기념하여 모인 것인 만큼 그냥 먹고 마시고 즐기면 되는 것이었다.

"어서 오십시오, 세니츠 황녀 저하. 어인 일로 이리 늦게 오셨는지요?"

세니츠가 연회장 안으로 들어서자 콧수염을 봉긋하게 기른 중절모를 쓴 남자가 다가와 모자를 벗어 보이며 인사를 해왔다.

엘도흐 제국의 갈리크 공작이었다.

"조금 일이 있느라 늦었느니라."

"그렇습니까? 그런데 옆에 계신 분은……."

갈리크의 고개가 가볍게 돌아가며 테리언 쪽으로 향했다.

이것이 테리언이 해야 할 중요한 일.

귀족들 앞에서 황녀의 파트너란 것을 부각시켜야 하는 순간이었다.

"안녕하십니까. 황녀 저하의 파트너로서 온 테리언이라고 합니다."

테리언은 고개를 숙여 보이며 인사를 했다.

본격적인 피로연의 시작이었다.

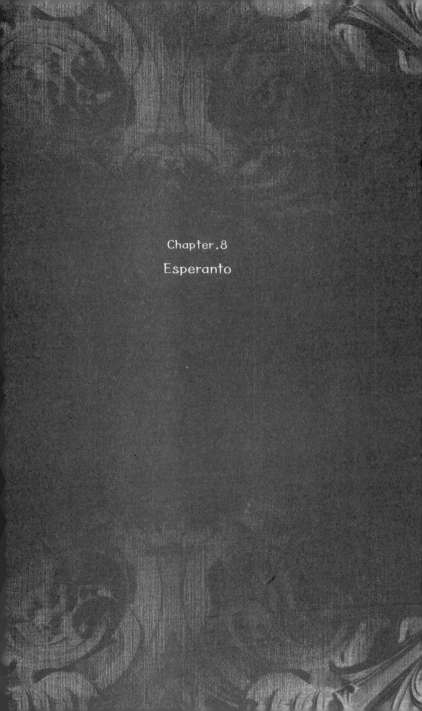

Chapter.8

Esperanto

"하아. 어쩌면 내가 너무 안일했던 것 같아."

세니츠가 황녀들 중에선 가장 관심 밖에 난 존재라고 말했던가.

테리언은 아카데미의 수업 시간에 들었던 내용 중, 한 위인이 남겼다는 명언을 떠올려야만 했다.

"거짓말은 하지 않는다…… 였던가."

거짓말은 하지 않지만 듣는 사람이 좋을 대로 해석하게 만들어 잘못된 진실로 오해하게 만든다 하여 생겨난 명언.

지금 이 상황에서 테리언과 너무나 잘 맞는 명언이 아닐 수 없었다.

확실히 세니츠는 황녀 중에서 가장 관심이 적었다.

그러나 그건 황녀들 '중에서' 였지 다른 사람들이 보기엔 그 정도도 충분히 많은 관심이 아닐 수 없었다.

덕분에 다소 편안한 마음으로 임했던 테리언은 예상 외로 자신들에게 몰려드는 귀족들을 상대하느라 진땀을 빼야만 했다.

그리고 현재 테리언은 잠시나마 한숨을 돌리기 위해 연회장의 바깥쪽에 마련된 테라스로 나와 있었다.

—이제 곧 최후의 봉인을 할 시간이 온다. 마음의 준비를 해 두는 게 좋을 거야.

언뜻 테리어드의 목소리가 들려오자 테리언은 아까와는 다른 의미로 긴장을 했다.

테리언이라고 해서 최후의 봉인의 순간 가만히만 있으면 되는 것이 아니었다.

테리언도 테리어드와 같이 한 몸에 있는 이상, 봉인을 치루는 동안에는 한 치의 흔들림도 없는 강인한 정신을 유지하여야 한다고 했다.

마신 헤미스피어는 실체가 없는 존재.

그 어떤 것으로도 변할 수 있으며, 그 어떤 것에도 스며들 수 있다.

최후의 봉인을 시작하게 되면 한순간이나마 테리언과 테리어드에게 한 가지 취약점이 드러나게 된다.

바로 마음이었다.

그 무엇으로도 변할 수 있고, 그 어떤 것에도 스며들 수 있는 존재인 만큼 헤미스피어는 틀림없이 취약점이 드러나게 되면 자신들의 마음 안으로 침투하려 할 것이라 말했다.

―다시 한 번 말하지만 절대로 흔들림 없는 마음을 유지해야 한다. 봉인이 시작되는 순간, 취약점이 드러나게 되면 헤미스피어는 수많은 유혹과 거짓된 환상을 너에게 보여 줄 거다. 그것에 절대로 현혹되지 마라. 아주 조금이라도 마음의 빈틈이 생기는 순간, 그것으로 모든 것이 끝난다. 명심해라.

'아, 알겠다고.'

테리어드는 수백 년을 살아온 존재인 만큼 그 어떤 상황에서도 흔들리지 않는 마음을 가지고 있다고 한다.

본인이 스스로 한 말이었기에 다소 못미덥긴 했지만, 어느 정도 신빙성은 있게 느껴졌다.

그럴 수밖에 없는 것이 자기보고 대신 테리어드 행세를 하라는, 자신의 존재를 완전히 묻어 버리는 발언을 아무렇지도 않게 하는 녀석이었으니까.

그러나 테리언은 달랐다.

그와는 달리 태어난 지 얼마 되지 않았고, 한차례 정신적 성숙을 겪었다고는 하나 테리어드가 보기에는 아직 애송이인 테리언.

지금 이 순간에도 쉼 없이 마음이 흔들리고 있는데, 과연 잘 해낼 수 있을까.

테리언은 계속해서 밀려 들어오는 불안한 심정을 쉽사리 떨쳐 낼 수가 없었다.

애써 침착해 보려고 했지만, 그럴 때마다 계속 심장이 세차게 뛰며 자꾸만 한숨을 쉬게 되었다.

저벅.

그때 테리언의 곁에 누군가의 인기척이 났다.

누군가 해서 뒤를 돌아보던 테리언은 예상치 못했던 인물의 등장에 화들짝 놀랐다.

그리고 그 인물의 이름을 막 부르려던 찰나…….

"오라버니……?"

레이시라가 먼저 입을 열었다.

여전히 차갑고, 딱딱하고, 사무적인 말투였지만 어딘가 묘하게 힘이 실린 말투.

그리고 왠지 모르게 걱정 어린 감정이 느껴지는 그녀의 목소리가 들려왔다.

그 순간 테리언은 아차 싶었다.

현재는 테리어드가 내면 위로 올라온 상태, 즉, 두 개의 인격이 한꺼번에 육체에 공존하는 상태다.

테리어드가 내면으로 들어간 상태에서는 데니크 급의 수준의 마법사가 본다면 확연히 두 개의 인격이 있음을 알 수 있다고 한다.

반면 내면 위로 인격이 올라왔을 땐 당사자가 아닌 한, 그냥 하나의 인격이 있는 것처럼 보일 것이라고 테리어드는 설명했었다.

더불어 인격이 누구의 인격인지 역시 가늠이 불가능하다고 했고 말이다.

그렇기에 레이시라의 목소리에서 걱정 어린 목소리가 들려오는 것이리라.

인격은 하나가 되었는데 모습은 테리언의 모습을 하고 있었으니까.

저번에는 인격이 하나가 되었을 당시 자신은 테리어드의 모습을 하고 있었는데, 이번엔 테리언의 모습을 하고 있으니 의아해할 수밖에 없으리라.

'테리어드, 어떻게 하지?'

―어떻게 하긴. 저번에도 말했다시피 이미 레이시라와 이야기는 전부 끝낸 상황이다.

'그런데 레이시라 공주님은 이야기가 아직 안 끝난 것처럼 보이는데.'

테리언 말대로였다.

레이시라는 아직 테리언이 어떤 상황인지 몰랐는지 애매모호한 표정을 짓고 있었다.

다만 표정을 보아하니 무언가 하고 싶은 말이 있는 것

만 같았다.

단지 상대가 테리언인지, 테리어드인지 알지 못했기에 섣불리 말을 꺼내지 못하고 있는 것이리라.

그때 테리어드가 나직이 말했다.

—어쩌면 미련을 느끼고 있는 걸지도 모르겠군.

'미련이라고?'

—나는 할 말은 다 했지만 상대라고 해서 그러리란 보장은 없으니까.

'그럼 잘 알고 있으면서 어째서…….'

—또 반복해야 하는 건가? 나는 헤미스피어와 격리된 세계에서 파수꾼으로 살아가야 할 운명이다. 이별은 필연이라는 거지. 그때도 분명히 단호하게 이야기했고, 더 이상 할 말은 없다. 괜히 더 끌었다간 미련만 커지게 만들 뿐이다.

'그럼…….'

—뭘 나에게 묻고 있는 거지? 어차피 최후의 봉인이 끝나면 두 번 다시 볼 일이 없을 거다. 단호하게 네 입장을 표명해라. 네가 테리언이란 사실을 알면 미련 없이 돌아설 테니까.

'하지만 너는 레이시라 공주님에게 말하지 않았잖아. 최후의 봉인이 끝나면 두 번 다시 보지 못할 거라고.'

—…….

테리어드는 잠시 대답을 망설였다.

또한 그것을 통해 테리언을 확신했다.

그의 감정은 아직 완전히 메말라 있는 것이 아니라고.

그러나.

"……!"

"…….'

갑자기 테리언을 향해 달려들던 레이시라가 테리언의 품에 안기더니 작고 가녀린 두 팔로 테리언의 몸을 힘껏 끌어안았다.

그리고 굳게 닫혀 있던 그녀의 입이 천천히 열렸다.

"가지 마…….'

"…….'

"날 두고…… 떠나가지 마."

여태까지 들어왔던 무감정한 목소리가 아니었다.

가냘프게 떨리는 그 목소리에서는 처음으로.

감정이 느껴졌다.

그리고 그 감정은 다름 아닌 슬픔이었다.

테리언은 가슴 한 부분에서 차가움을 느꼈다.

자신의 가슴팍에 얼굴을 묻은 레이시라가 눈물을 흘렸던 탓이었다.

그때 테리어드가 혀를 차는 소리가 들려왔다.

―쯧. 그 망할 녀석들이 쓸데없는 짓을 했군.

'쓸데없는 짓?'

─진실을 알려 준 거다. 최후의 봉인이 끝나면 어떻게 되는지 말이야.

'⋯⋯.'

가슴이 꽉 막힌 듯한 기분이었다.

언젠간 이런 일이 올 것이라 예상했지만⋯⋯.

너무나 갑작스러웠다. 아직 마음의 준비도 제대로 되지 못했는데⋯⋯.

테리언의 품에 안겨 있던 레이시라가 마침내 고개를 든다.

테리언을 올려다보는 레이시라의 얼굴은 더 이상 예전과도 같은 무뚝뚝하고 무감정한 얼굴 따위가 아니었다.

자신이 좋아했던 사람이 떠나가지 않았으면 하는 애절함이 가득 담긴, 슬픈 소녀의 모습이었다.

그 모습을 본 순간이었을까.

테리언은 가슴 속에 막혀 있던 무언가가 뻥하고 뚫리는 것이 느껴졌다.

"걱정하지 마세요."

"⋯⋯!"

여태까지 어떻게 대하면 좋을지 몰라 망설였던 테리언이 마침내 입을 열었다.

최후의 봉인을 안 이상, 더 이상 숨기거나 연기를 할

필요는 없었다.

이제는 말이 아닌 행동으로 보여 줘야 할 테니까.

"분명 공주님이 보고 싶어 하는 사람과 만날 수 있게 될 겁니다. 헤어지는 일 따위는 없어요. 조금만…… 조금만 기다려 주세요. 지금은 잠시 헤어지지만 다시 만날 때는 웃는 얼굴로 만나게 해 드리겠습니다."

테리어는 레이시라를 품에서 떨어트리며 푸근한 미소를 지어 보였다.

―무책임한 소리를 하는군.

테리어드가 핀잔을 주는 소리가 들려왔지만 테리언은 개의치 않았다.

어째서일까, 무언가 마음이 편해지는 기분이었다.

생각해 보면 전혀 고민할 필요가 없었다.

고민할 이유가 없었다.

고민한다고 해서 무엇이 달라지기라고 한단 말인가?

그저 행동으로 나설 뿐이었다.

'무책임…… 인정해. 나는 무책임해. 하지만 너처럼 자신의 존재를 부정하는 행동을 할 만큼 무책임하진 않아. 테리어드, 잘 들어. 안 된다고 생각해 버리면 정말 거기서 끝이겠지만…… 된다고 생각하면 아직 끝이 아니라는 거야.'

―궤변이다. 네가 아무리 노력해도 결과는 바뀌지 않을 거다. 차라리 가만이라도 있으면 반이라도 갔을 것을, 쓸

데없는 고집을 부려 억지스럽게 나의 행세를 하게 되겠구
나. 그렇지 않으면 모두에게 슬픔을 남길 테니까.

테리언은 대답하지 않았다.

아니, 대답할 가치를 느끼지 못했다.

더 이상 테리어드와 티격태격하는 것은 무의미라고 판
단했기 때문이다.

대신 테리언은 레이시라의 양손을 살포시 쥐었다.

그리고 친절하게, 그리고 상냥하게 어루만지듯이.

말했다.

"테리어드 님의 말을 전달해 드리겠습니다. 아직 그 약
속은 끝나지 않았다고요."

"……!"

휘둥그레 떠지는 레이시라의 두 눈동자.

—무슨 소리를 하는 거냐!

여태까지 줄곧 마이페이스를 유지했던 레이시라가.

여태까지 줄곧 마이페이스를 유지했던 테리어드가.

산산이 부서진다.

"그리고 말하셨습니다. 이번에 다시 돌아올 때는 그 약
속을 지키겠다고요."

레이시라의 눈가에 가득 맺혀 있던 굵은 눈망울이 하염
없이 떨어지기 시작한다.

그녀의 손이 사시나무 떨듯 떨려 오는 것이 그녀의 맞

잡은 손으로 부터 절실하게 느껴져 왔다.

아아, 너무나도 가련해 보이는 소녀.

위로를 위해 안아 주고 싶은 마음이 굴뚝같았지만 테리언은 꾸욱 참았다.

그건 자신이 해야 할 일이 아니니까.

―시답잖은 소리를 해 대는군.

쿠웅―!

그 순간 머릿속에서 큰 진동이 울려오더니 스산한 목소리가 울려 퍼졌다.

이건 결코 테리어드 목소리가 아니었다.

"오, 오라버니?"

갑자기 테리언의 몸이 쓰러질듯 흔들리자 레이시라가 테리언의 몸의 균형을 잡아 주며 당황한 기색을 보였다.

쿠우우웅―!

그리고 다시금 울려 퍼지는 진동 소리.

이 목소리.

테리언은 알고 있었다.

과거에 꿈에서 한 번 들었던 소름 끼친 목소리.

처음으로 테리언에게 공포감을 들게 만들었던 그 장본인이었다.

―더 이상 고민할 필요는 없다. 더 이상 괴로워할 이유는 없다. 그 고민, 그 괴로움! 벗어나게 해 주겠다. 세상

의 파멸을 통해서 말이야. 모든 것이 파멸이 되면 그 고민도, 그 괴로움도. 같이 파멸할 테니까.

테리언은 여태까지 느껴 왔던 것과는 비교도 할 수 없는 강렬한 두통을 느끼며 한순간에 정신을 잃어버렸다.

—정신 차려라.

'으윽……'

—너의 그 무책임함. 너의 그 어리석음. 너의 그 옹고집을. 그 모든 수고를 수포로 돌리고 싶은 건가?

그 순간 눈이 번쩍 뜨였다.

먼저 시야에 들어온 것은 기하학적인 문양이 새겨진 원형의 천장이었다.

정신을 차리고 몸을 일으키니 테리언은 자신이 섬세하게 그려진 고밀도의 마법진의 한 가운데 누워 있음을 깨달았다.

그리고 그의 주변에는 각양각색의 로브를 입은 채 지팡이를 가로로 쥐어 자신을 향해 펼치고 있는 마법사들이 보였다.

"저 사람들은……"

익숙한 얼굴도 있었다.

엘도흐 제국의 황실 마법단장인 데니크와, 프로티나 아카데미의 이사장인 세이나였다.

잘 보니 테리언은 총 열두 명의 마법사들이 둥그렇게 원형으로 포진을 한 채로 자신을 향해 바라보고 있음을 깨달았다.

　하나같이 비장한 표정으로 바라보는 것이 어딘가 심상치 않음을 느낄 수 있었다.

　그리고 그때, 테리어드의 목소리가 들려왔다.

　―곧 있으면 최후의 봉인이 시작된다.

　'테리어드?'

　―봉인이 이루어지는 동안에는 말을 걸 수 없을 테니 다시 한 번 설명해 주지. 봉인이 시작되고 나면 너에게 수많은 환상과 유혹의 손길이 뻗치기 시작할 거다. 그러나 절대로 현혹되서는 안 된다. 한 치의 흔들림도, 망설임도 없어야 한다.

　'만약 한순간이라도 실수를 한다면…….'

　―헤미스피어가 그 틈을 비집고 들어와 우리의 육체를 잠식, 그리고 봉인을 강제로 풀어 버리게 되겠지. 그 이후로는 어떤 일이 벌어질지 두말할 필요도 없을 테고.

　'아까 들렸던 그 목소리는?'

　―아까 말했다시피 헤미스피어다. 분명 최대한 자아를 억눌렀음에도 불구하고 그 봉인을 뚫고 말을 한 거겠지. 그 봉인은 엘도흐 제국이 섬기는 네 명의 신이 직접 건 봉인이다. 그리고 그 봉인을 뚫고 말을 건넬 정도로 헤미스

피어는 무시무시한 존재라는 거다.

'······.'

—너도 느꼈겠지? 그의 목소리가 들려온 순간 느꼈던 공포심을 말이야. 앞으로 네가 견뎌야 할 현혹은 그 목소리를 쉼 없이 들어야 할 거다. 때로는 심금을 울릴 정도로 공포스럽기 짝이 없는 목소리로, 때로는 사랑하는 연인이 속삭이는 것처럼 달콤하기 그지없는 목소리로. 너를 현혹할 것이다.

마른 침이 목구멍을 타고 천천히 흘러 내려갔다.

뭔가 이상하다 했더니만 설마 그 목소리의 정체가 헤미스피어였을 줄이야.

잠깐이었지만, 아까 전에 들었던 헤미스피어의 목소리는 소름이 끼치도록 무서웠다. 단지 목소리만 들었을 뿐이었는데도 원인을 알 수 없는 공포감이 육체를 지배하는 듯한 느낌이었다.

'얼마나 견뎌야 하지?'

—모른다. 최후의 봉인이 언제 끝날지는 헤미스피어가 얼마나 발악하는가, 그리고 봉인을 진행하는 저 열두 명의 마법사와 봉인을 도와줄 네 명의 신들의 컨디션에 따라 좌우되겠지.

'그, 그런······.'

—하지만 견뎌야 하는 건 너뿐만이 아니라는 것을 명심

해라. 단지 네가 조금 불리하겠지만, 나 역시 너와 같이 현혹을 이겨 내야 할 숙명을 짊어졌으니까.

'그런데 말이야. 약한 소리로 들리겠지만…… 잘 해낼 수 있을까?'

—장담할 수 없다. 하지만 네가 고집을 부릴 때처럼의 마음가짐만 유지해도 충분히 이겨 낼 수 있을 거다. 다시 말하지. 헤미스피어의 현혹에 빠져들었다고 생각되는 순간부터…….

아무것도 믿지 마라.

이성을 유지하라.

그것이 테리어드가 처음으로 감정이 실린 말투로 테리언에게 한 말이었다.

그리고 마침내 테리언은 지그시 눈을 감았다.

천천히 심호흡을 했다.

코와 입 사이로 차디찬 공기가 폐 깊숙한 곳까지 들어갔다가 다시 나오는 것이 느껴진다. 그러자 한층 머리가 맑아지는 것이 느껴졌다.

"때가 되었으니 봉인을 시작하도록 하겠습니다."

테리언을 둘러싼 마법사 중, 데니크가 둔중한 목소리로 읊조린 후, 지팡이를 하늘을 향해 치켜들었다. 그러자 다른 마법사들 역시 지팡이를 치켜들었다.

파아아앗—!

그 순간 테리언의 바닥에 그려졌던 마법진이 휘황찬란하게 빛나기 시작했다.

그리고 그 순간!

—어림없다!

쿠구구궁!

아까 느꼈던 그 진동소리가 들리면서 테리언의 신체가 한차례 격렬하게 떨리기 시작했다.

이것이 바로 테리어드가 말한 헤미스피어의 발악인가!

그런 생각이 든 테리언은 이를 악물며 버텼다.

"……?"

그런데 어느 순간부터인가 갑자기 주변이 조용해졌다.

한참 주문을 읊조리던 마법사들의 목소리도, 머리를 뒤흔들던 진동 소리도.

아무런 소리도 들리지 않았다.

무언가 이상하다 싶어 눈을 떠 보니…….

"클레…… 첼?"

"정신이 들어?"

뭐가 어떻게 된 것일까.

어느 샌가 정신을 차려 보니 테리언은 클레첼의 무릎에 얼굴을 뉘인 채 누워 있었다.

고개를 들어 주변을 둘러보니 가르네스 백작의 성 안의 풍경이 보였다.

"나, 어떻게 된 거지? 분명히 나는⋯⋯."

"괜찮아? 갑자기 굴러 떨어지는 바람에 놀랐다고."

"굴러 떨어져?"

"그래. 갑자기 휘청거리더니 넘어지는 바람에 내가 얼마나 놀랐는지 알아? 게다가 기절까지 하는 바람에 죽은 줄 알고 당황했단 말이야."

문득 앞을 바라보니 위층으로 향하는 계단이 있었다.

그리고 보니 계단에서 넘어진 듯한 기억이 떠올랐다.

하지만 그때는 분명⋯⋯.

"어서 가자. 황녀님이 기다리실 거야!"

그러나 테리언이 생각에 잠기려던 찰나, 클레첼이 테리언의 손을 잡아끌더니 계단을 오르기 시작했다.

테리언은 영문을 알 수 없는 상황 속에서도 일단은 그녀를 따라 계단을 오르기 시작했다.

그리고 마침내 도착한 세니츠의 방.

끼익.

"어라, 안 계시네?"

문을 열었지만 세니츠는 방 안에 없었다.

클레첼은 고개를 갸웃거리며 주변을 둘러보기 시작했다.

한편 테리언은 문 앞에서 도대체 이 상황을 어떻게 받아들여야 할지 몰라 갈팡질팡하고 있었다.

상황이 너무 절묘했다.

분명 아까 전까지만 해도 자신은 최후의 봉인을 앞두고 있었지 않은가? 그런데 왜 갑자기 가르네스 백작의 성에서 정신이 든 것일까.

혹시 그때 계단에서 넘어지고 나서 기절한 나머지 여태까지 긴 꿈을 꾸고 있었던 건 아닐까?

꿈에서 테리어드와 만나 이야기까지 하는가 하면, 과거의 기억과 관련된 꿈을 꾸기까지 했으니 아예 불가능한 소리는 아니었다.

"아흐으윽!"

그 순간, 방을 둘러보던 클레첼이 돌연 신음 소리를 내더니 힘없이 바닥에 고꾸라졌다. 깜짝 놀란 테리언이 클레첼에게 다가가자 그녀는 어느 샌가 식은땀을 뻘뻘 흘리며 거친 숨을 내뱉고 있었다.

"클레첼, 클레첼! 갑자기 왜 그래!"

"그…… 그게 아무래도 후유증 때문인 것 같아."

"후유증이라면……?"

과거 로리아나에게 흑마법을 당해 생겼던 후유증.

최근에 들어서는 발병하지 않았기에 완전히 나은 줄 알고 있었는데 아니었단 말인가?

"그런데 너 언제 신체 강화술을 쓴 거야?"

테리언이 묻자 클레첼은 붉어진 얼굴로 대답했다.

"아까 너를 감싸려고 반사적으로 전신에 신체 강화술을 썼는데 그게 문제였나 봐."

"그, 그런!"

"하아하아…… 갑자기 숨을 쉬기가 힘들어져, 테리언……."

테리언은 어쩔 줄을 몰라 하며 당황했다.

그러다 문득 후유증을 어떻게 치료해야 할지 떠올리고 서는 얼굴이 화끈 달아오르고 말았다.

잠시 잊고 있었던 치료법.

신체 강화술을 건 신체 부위에 테리언의 신체를 접촉해야 하는 방법이었다.

예전이었다면 아무런 망설임도 없이 해 주었겠지만…….

지금의 테리언은 쉽사리 손을 뻗지 못했다.

"으읏, 테리언……. 나, 괜찮으니까……. 하아, 어서 해 줘."

"클레첼?"

"숨을 못 쉬겠어, 테리언. 하아하아…… 어서……."

어느 샌가 식은땀으로 전신이 흠뻑 젖은 클레첼이 붉어진 표정으로 테리언을 올려다보았다.

땀으로 인해 몸에 들러붙은 가슴은 속살이 훤히 비추어 보였다.

더불어 빨갛게 붉어진 얼굴로 신음을 내뱉으며 도움을 요청하는 클레첼의 모습은……

상당히 이질적이었다.

"테리언……? 왜 그래?"

"너는…… 너는!"

"꺄앗!"

클레첼의 머리를 받치며 부축해 주고 있었던 테리언은 손을 뒤로 빼며 자리에서 벌떡 일어났다.

뒤통수를 바닥에 박은 클레첼은 고통에 찬 신음을 내뱉었다.

"끄으으으. 왜, 왜 그래 테리언……. 나 아파, 어서 도와줘……."

마차 묘지에서 되살아난 언데드처럼 바닥을 질질 기며 따라오는 클레첼의 모습은 어딘가 처량해 보였지만…….

결코 그녀답지 않았다.

"웃기지 마! 너는 클레첼 따위가 아니야!"

버럭 소리친 테리언은 문을 박차고 열며 바깥으로 뛰어나왔다.

테리언은 알고 있었다.

자신이 아는 클레첼은 결코 도와달라는 말을 함부로 꺼내는 소녀가 아니었다.

그동안 클레첼과 지내 오며 테리언은 느낄 수 있었다.

알 수 있었다.

자기에게 생긴 일은 스스로 해결하려는 소녀.

힘든 일이 생겨도 내색하지 않으려는 소녀.

그것이 바로 테리언이 아는 클레첼이었다.

결코 바닥을 질질 기며 도와달라는 처량한 말을 할 정도로 클레첼은 나약한 소녀 따위가 아니었다.

문을 열어젖히고 바깥으로 나오자 보인 것은 가르네스 백작의 성의 복도가 아니었다.

그의 눈앞에 펼쳐진 풍경은 저번에도 한 번 본 적이 있는, 익숙한 어둠 속의 세계.

그 어둠 속의 세계를 정처 없이 질주하던 테리언은 어느 순간에 무언가에 의해 발이 걸려 넘어지고 말았다. 그로 인해 안면을 정확히 바닥에 들이받아 버렸다.

콰당!

"으윽. 이번엔 또 뭐지…… 응?"

시큰해진 코를 문지르며 고개를 드니 테리언은 더 이상 어둠 속의 세계에 있지 않았다.

문득 뒤를 돌아보니 보이는 익숙한 침대가 보인다.

주변을 둘러보던 테리언은 이윽고 자신이 어디에 있는지 깨달았다.

이곳은 아카데미 스카우트 부실의 남자 침실이었다.

"뭐야, 이번에도 또 장난질인가?"

솔직히 아까 전엔 너무 절묘하게 상황을 맞물렸던 탓에 한순간이나마 진짜인 줄 알았다.

그러나 클레첼의 모순된 행동을 보고 나니 자신이 헤미스피어에게 현혹되고 있다는 사실을 자각할 수 있었다.

그렇다면 이번에는 무슨 방법으로 나올 것인가.

분명 아직 포기하지 않았겠지.

그러나 한참을 기다려도 아무런 일이 일어나지 않자 테리언은 슬슬 불안을 느끼기 시작했다. 차라리 뭔가 라도 일어난다면 좋으련만 지나치게 조용하니 괜히 수많은 잡념들이 떠올랐다.

혹시 이것도 헤미스피어의 노림수인가 하는 생각이 들던 찰나.

다다다다.

누군가 위층으로 향하는 걸음 소리가 들려왔다.

"거기냐!"

걸터앉았던 이불에서 벌떡 일어난 테리언은 남자 침실에서 뛰쳐나왔다.

쿵쿵쿵쿵.

걸음 소리의 주인은 이미 위층으로 향했는지 천장 쪽이 진동하고 있었다.

테리언은 빠른 걸음으로 위층으로 올라갔다.

어느 샌가 발걸음 소리는 더 이상 들려오지 않았지만

마지막으로 소리가 사라진 시점이 어디인지는 가늠할 수 있었다.

바로 여자 침실 방향 쪽이었다.

테리언은 망설임 없이 여자 침실로 다가가 거침없이 문을 열어젖혔다.

그리고 테리언의 눈앞에 펼쳐진 광경은……

때마침 교복을 벗고 있던 제네시드의 모습이었다. 마침 치마를 벗고 있던 참이었는지 구멍을 내는 방식으로 문양을 만든 하얀 팬티가 적나라하게 드러났다.

평소라면 당황했겠지만 이번엔 당황하지 않았다.

상대는 헤미스피어가 만들어 낸 환영.

그렇다면 전혀 부끄러워해야 할 이유가 없다.

"테, 테리언? 정신이 들었……."

"장난치지 마! 헤미스피어! 한 번 속지 두 번 속을까 싶냐!"

"헤미스피어? 갑자기 무슨 소리를 하는 거야?"

"시치미 떼지 마!"

테리언은 분개한 표정으로 제네시드를 향해 달려들었다.

당황한 제네시드는 발목까지 내렸던 치마를 다시 올리려 했지만, 테리언이 위협적인 기세로 성큼성큼 다가오자 깜짝 놀란 나머지 뒤로 엉덩방아를 찧었다.

테리언은 그런 제네시드의 위로 올라타 멱살을 움켜쥐며 소리쳤다.

"이런 우습지도 않은 방법으로 나를 현혹하면 내 마음이 흔들릴 거라 생각했어?"

"무…… 무슨 소리를 하는 거야? 테리언, 일단 진정해!"

상당히 악질이었다.

과연 마신다웠다고 해야 할까.

최근 들어 자신이 가장 곤란해하는 민감한 부분을 노골적으로 건드리고 있다.

클레첼만 해도 아프다는 것을 빌미로 뇌쇄적인 모습을 드러내 자신을 곤란케 했다.

그런데 이번엔 옷을 갈아입는 제네시드의 모습을 보여 주다니?

바보 취급하는 것에도 정도가 있지 않은가!

테리언은 진심으로 화가 치밀었다.

분명 테리어드 역시 자신과 같은 현혹에 당하고 있으리라.

그는 틀림없이 자신과는 달리 진지하게 그를 현혹하고 있을 터. 그는 결코 호락호락할 인물이 아니니까 말이다.

물론 현혹이 이렇게 노골적이면 테리언이야 금방 눈치챌 수 있을 테니 결과적으로 나쁘지는 않았다.

하지만 이것 또한 자신을 농락하고 있다는 기분이 들자 짜증이 들기 시작했다.

"더러운 놈……."

"테리…… 언?"

"알아들어? 역겹기 짝이 없다고!"

자신이 좋아하는 이들로 환영을 만들어 자신을 현혹하려는 헤미스피어의 그 뻔뻔함이!

"재밌나? 재밌어? 이런 유치한 현혹으로 내가 속아 넘어갈 것 같았나? 상종할 가치도 못 느끼겠군! 구역질이 다 난단 말이다!"

그러나 그때.

"역시 너도…… 그렇게 생각하고 있었던 거야?"

"이런 장난 그만치고 어서 본 모습을…… 뭐?"

테리언에게 멱살을 붙잡혀 있던 제네시드가 울먹이기 시작한다.

아침 이슬처럼 눈가에 맺힌 투명한 눈망울이 점점 커져 가더니 이윽고 볼을 타고 주르륵 흘러내렸다.

그리고는 뚝 떨어져 테리언의 손등에 하염없이 떨어진다.

제네시드가 애처로운 목소리로 쥐어짜 내는 듯이 말했다.

"역시 나는…… 괴물이었던 거야?"

이건 환영이 틀림없다.

분명 헤미스피어가 자신을 현혹하는 것이라고!

그리고 저건 헤미스피어가 환영으로 만든 가짜 제네시드의 가증스러운 거짓 눈물에 지나지 않는다!

그렇게 속으로 수도 없이 외쳐 댔다.

하지만……

"이제 슬슬 환영을 풀 때가 되지 않았어? 클레첼 때도 그랬잖아? 소용없는 짓이란 걸 아직도 깨닫지 못했나? 혐오스럽기 짝이 없는 자식!"

"흑. 으흐흑. 우아아앙!"

테리언이 강하게 매도하자 애써 울음을 참기 위해 흐느끼던 제네시드가 결국 목 놓아 오열하기 시작했다.

비록 환영이라고는 하나 제네시드의 모습을 하고 있으니 테리언도 마음이 흔들리지 않을 수 없었다. 하지만 한편으로는 당황스러웠다.

클레첼 때만 해도 거짓된 모습이라고 간파한 순간 바로 그 환상 속에서 빠져나올 수 있었다. 그리고 이번에도 간파를 했을 터인데 어째서 환상에서 깨어나지 않는 것인가?

"무슨 일이야!"

"제네시드? 갑자기 왜 우는…… 테리언 오빠?"

정신을 차리니 문을 열고 등장한 사람은 다름 아닌 네리와 로리에였다.

그녀들은 제네시드의 위에 올라타 멱살을 움켜쥐고 있

는 테리언의 모습을 잠시 멍하니 바라보더니 한 박자 늦게 놀랐다. 너무나 어이가 없던 나머지 잠시 사고회로가 정지라도 했던 것일까.

"테리언이…… 으으흑! 테리언이……!"

제네시드가 오열하며 그렇게 말하자 로리에가 심각한 표정을 짓더니 네리를 바라보며 말했다.

"네리 씨. 일단 오빠를 말려 주세요!"

"알겠어!"

네리는 제네시드에게서 테리언을 떨어트려 놓은 후, 그대로 양팔을 테리언의 어깨 사이로 낀 채로 들어 올려 양손으로 테리언의 목을 감싸 눌렀다.

'뭐야? 뭐가 어떻게 돌아가는 거야?'

테리언은 저항하지도 못한 채 그저 얼이 빠졌다.

한편 테리언이 네리에게 완전히 제압하자 로리에는 다급히 다가와 바닥에 쓰러진 제네시드에게 다가와 조심스레 일으켰다.

"괜찮아요? 다친 데는 없구요?"

"흐흑. 괜찮은데……. 테리언이 뭔가 이상해……. 나보고…… 나보고……! 으아아앙!"

"오빠가 갑자기 왜 이러는 거죠?"

"모르겠어. 알게 뭐야! 흐흑, 역시 난 괴물이었던 거였어. 테리언도 그렇게 생각하고 있었던 거지? 으흐흑!"

"아무래도 제정신이 아닌 것 같아요. 네리 씨, 일단 제네시드 씨를 양호실로 데려다 주세요. 아무래도 안정이 필요할 것 같아요!"

"알겠어. 그럼 로리에는 테리언을 부탁해!"

네리가 제네시드를 달래며 여자 침실을 빠져나가자 방 안에는 테리언과 로리에만이 남았다.

너무나 정신이 없었기에 한동안 얼이 빠진 상태였던 테리언은 갑자기 로리에가 부르는 바람에 정신을 차렸다.

"뭔가 불안하다 싶었어."

"뭐를?"

"저번에 텔레포트 게이트에서 헤어졌을 때 말이야. 그때 오빠는 분명 웃고 있었지만, 어딘가 불안해하는 모습이었어. 그래서 뭔가 걱정이 들었는데…… 도대체 엘도흐 황궁 내에서 뭔 일이 있었던 거야?"

"뭔 일이 있었냐니…… 나는 최…….."

아무 생각 없이 '최후의 봉인을 치르려고 했다'라고 말할 뻔했던 테리언은 아차 싶어 급히 입을 다물었다.

"최……? 뭐?"

"아니야. 아무것도."

"역시 뭔 일이 있었구나. 그보다 우리들이 얼마나 놀랐는지 몰라? 분명 아무런 일도 없을 거라면서 갑자기 정신을 잃은 상태로 아카데미로 돌아오질 않나! 엄청 걱정했다고!"

"정신을 잃은 상태에서…… 돌아와?"

이건 갑자기 무슨 소리란 말인가?

"그래! 갑자기 연회장의 테라스 쪽에서 기절했다는 소문을 들어서 얼마나 가슴 졸였는데! 그러고 보니 오빠, 평소에 아카데미에서도 자주 기절했었다며? 도대체 왜 그래? 혹시 전부터 앓고 있는 지병이라도 있는 거야? 설마……. 예전에 날 구하려고 뛰어들었다가 머리를 얻어맞은 것 때문에 그런 건 아니겠지?"

그 순간 테리언은 한 가지 불길한 예감이 들었다.

만약에…….

정말 만약에 지금 이 상황이 환상이 아니라면…….

자신은 진짜 엄청난 짓을 저질렀다는 것이다.

안 그래도 남자의 몸도 아닌 여자의 몸도 아닌 몸 때문에 과거에 엄청난 놀림을 받았던 제네시드에게 역겹니 괴물 같다니 하는 소리를 해 버렸다.

당연히 환상인 줄 알고 헤미스피어에게 한 소리였지만, 제네시드에겐 자신에게 한 소리인 줄 알았으리라.

"그렇다면 나…… 엄청 심한 소리를 해 버린 거잖아……."

"오빠……."

정신이 아득해지는 것이 느껴진다.

이젠 뭐가 뭔지 모르겠다.

도대체 어디서부터 어디까지 환상이었으며 어디서부터가 현실이란 말인가?

아니, 그를 뛰어넘어 더욱 큰 혼란을 가중되게 만드는 하나의 의문이 있었다.

테리어드는 정말 실존했으며 최후의 봉인이니 그것도 정말이란 말인가?

생각해 보면 여태까지 전부 심증에 불과했으며, 그 누구도 그 사실을 입증해 보이지 않았다.

그리고 공통적으로 테리언은 언제나 그런 상황을 겪을 때 두통을 느꼈고, 그 후에는 늘 기절했다.

그렇다면······.

테리어드도, 최후의 봉인도, 헤미스피어도.

사실 전부 자신의 꿈에서 나온 환상이 아니었을까?

"으아아······ 으아아아아아아아아아아악!"

그런 생각이 들자 테리언은 양손으로 머리를 움켜쥐며 미친 듯이 소리쳤다.

결국 자기 혼자 헛짓거리를 했다는 생각이 드니 머릿속이 혼란으로 물들었다.

제네시드에게 그런 심한 소리를 해 댔으니 지울 수 없는 마음의 상처를 얻었으리라!

모두에게 진정한 행복을 주겠다고 다짐했는데······!

오히려 절망을 줘 버리는 꼴이라니!

"괜찮아! 괜찮아, 오빠!"

그 순간 따뜻하고 뭉클한 감촉이 테리언의 얼굴을 감쌌다.

잠시 상황을 이해하지 못하고 당황한 테리언이 눈을 떠 보니 자신이 로리에의 품에 안겨 있다는 것을 깨달았다.

"나…… 나는……!"

"진정해 오빠. 진심이 아니었던 거지? 그럼 괜찮아. 그걸로도 충분해."

"로리에……."

"오빠의 진심을 솔직하게 토로하면 제네시드도 이해해 줄 거야. 제네시드는 마음이 여리고 순진한 소녀니까."

"……."

"그러니까 일단은 푹 쉬어. 내가 곁에서 지켜 줄 테니까. 그러니까 안심……."

투욱.

그 순간 테리언은 고개를 숙인 채 로리에를 양손으로 밀쳤다.

그러고는 힘없이 뒤로 터덜터덜 물러났다.

"오, 오빠?"

당황한 로리에가 왜 그러냐는 듯 물었지만, 테리언은 대답하지 않았다. 대신 숙였던 고개를 하늘 높이 들어 올리더니…….

"하아."

그대로 긴 한숨을 내쉬었다.

"오빠? 갑자기 또 왜 그러는…….”

"솔직히 조금 당황했어."

"당황했다니, 뭐가? 제네시드 일이라면 걱정할 필요가
없…….”

"아무 것도 믿지 마라. 이성을 유지하라. 정말 테리어
드 녀석…… 결국 하나도 틀린 소리를 하지 않았네. 아니
지, 딱 하나. 틀린 소리가 하나 있긴 하지만 말이야."

"무슨 소리를 하는 거야?"

"그거 알아, 로리에? 아니…… 헤미스피어."

"…….”

아주 찰나였지만 로리에의 눈썹이 꿈틀거렸다.

"테리어드가 그랬어. 사람의 인격은 신이라 할지라도
쉽사리 건들 수 있는 것이 아니라고 말이야. 그건 인간 고
유의 영역이라기 때문이라나 뭐라나."

"…….”

"오로지 인격이 변하는 것은 그 인격의 주인. 자기 스
스로만이 바꿀 수 있는 거야. 인격이란 넓게 잡으면 인간
고유의 영역이지만, 단일 대상으로 표현하면 나만의 영역
이니까. 즉, 쉽게 말해 인격은 쉽사리 변하지 않는다는 말

이야."

"……."

"그거 알아? 제네시드는 말이야…… 순진하고 여린 소녀 따위가 아니야. 여리다는 건 어찌 보면 반은 맞지만 반은 틀려. 분명 과거에는 여린 소녀였지만, 지금은 달라. 이제 제네시드는 더 이상 여린 소녀 따위가 아니야. 변화를 받아들이고, 과거를 털어 버리고, 현재에 적응하기 위해 노력하고 있어. 수치심이 들 텐데도 나에게 야시시한 복장을 보여 주면서까지 용기를 내려고 했으니까. 그런 소녀가 결코 여릴 리가 없잖아? 그리고 말이야. 순진하다니, 그건 도대체 어디서 나온 말이야? 그녀는 전략가이자 전술가라고? 그런 면에선 우리 프로티나 아카데미에서 S반에 들 정도로 실력자야. 그런 소녀가 결코 순진할 리가 없잖아?"

그리고 잠시 방 안에 침묵이 감돌았다.

가만히 로리에를 주시하자니 돌연 그녀의 어깨가 슬금슬금 움찔거리기 시작했다.

"크흐. 크하하. 꺄하하하하하하!"

끝내 웃음이 터지는 로리에.

아니, 마신 헤미스피어.

헤미스피어는 한참 동안이나 미친 듯이 웃더니 이내 박수를 치며 말했다.

"한심한 인간이라고 생각했더니만……. 내가 정말 우습게 봤군. 과연 테리어드에서 파생된 인격다워. 애송이라고 생각했더니만 이렇게 허를 찔릴 줄 몰랐군. 참 아까워, 거의 다 된 밥이었는데 재를 뿌릴 줄이야."

"그건 유감이군."

"하지만 말이야. 다 된 밥에 재를 뿌린다고 해서 못 먹을 리가 있다고 생각하나?"

"뭐?"

"먹기가 꺼림칙할 뿐이지, 먹는 것 자체가 불가능하다는 소리는 아니다, 인간!"

스으으으——!

로리에의 형체가 한순간에 일그러지더니 검은색 안개로 변하며 테리언을 향해 달려들었다. 당황한 테리언은 반사적으로 눈을 감으며 두 손을 펼쳐 방어 자세를 취했지만…….

"거기까지다."

반가운 목소리가 들려왔다.

테리언의 등 뒤로 검은 안개로 변한 헤미스피어와는 대조되는 새하얀 빛이 쏟아지더니 그대로 헤미스피어의 검은 안개와 격돌하기 시작했다.

"방해하지 마라! 고지가 눈앞이었는데……! 조금만 더…… 앞으로 한 걸음만 더 나아갔으면 세계의 파멸이

코앞이었거늘! 네 이노오오옴! 테리어드으의! 너란 인간은 끝까지 내 발목을 붙잡는 구나아! 크아아아악!"

"사라져라, 마신 헤미스피어. 이제 네가 세계의 빛을 볼 일은 영원히 없을 것이다."

"나는 반드시 다시 돌아올 것이다! 무슨 일이 있더라도! 이 세계의 파멸을 위해……."

헤미스피어의 목소리가 아득해져 간다.

마치 멀리 떠나가는 것처럼.

그 순간 테리언은 느꼈다.

드디어 끝이 났다는 것을.

점점 아득해지던 소리가 마침내 아무것도 들리지 않게 되자 테리언은 감았던 눈을 천천히 떴다.

그곳은 더 이상 아카데미 스카우트 부실의 여자 침실도 아닌, 가르네스 백작의 성도 아닌…….

그저 모든 것이 온통 새하얀 순백의 세계였다.

"수고했다."

뒤를 돌아보니 그곳에는 깔끔한 예복을 차려 입은 테리어드가 무뚝뚝한 표정으로 서 있었다. 아니, 테리어드만이 서 있는 것이 아니었다.

테리어드의 주변으로 고풍스러우면서도 어딘가 신비스러움이 느껴지는 복장을 한 네 명의 사람이 반원을 그리며 서 있었다.

어딘가 많이 본 듯한 존재들.

"혹시 당신들은⋯⋯!"

그제야 테리언은 테리어드의 주위에 있는 사람들이 누군지 깨달았다.

엘도흐 제국이 섬기는 네 명의 신.

다니안, 프리실라, 하실리카, 파리드였다.

"감사합니다. 당신의 도움 덕분에 헤미스피어가 정신이 팔린 사이 성공적으로 최후의 봉인을 끝마칠 수 있었습니다. 당신이 아니었더라면 헤미스피어를 봉인하는 데 큰 어려움을 겪었을지도 모릅니다. 다시 한 번 진심으로 감사드립니다."

다니안이 먼저 감사의 인사를 전하며 고개를 숙이자 다른 세 명의 신도 역시 고개를 꾸벅 숙여 보이며 자애로운 미소를 지어 보였다.

"아뇨. 제가 무슨 큰일을 한 것도 아니고⋯⋯ 그냥 깨달은 것뿐인데요, 뭘."

테리언은 뒤통수를 긁적이며 무안한 표정을 지었다.

무언가 세계를 다스리는 수호신들에게 존댓말을 받으며 인사까지 받으니 새삼스레 낯간지러운 느낌이었다.

"아니. 테리언, 너는 충분히 큰일을 해냈다. 헤미스피어의 현혹은 결코 쉽게 이겨 낼 수 있는 것이 아니다."

"테리어드, 왜 너까지 그래. 더 부끄럽게."

"진심이다. 나도 과거에는 그런 헤미스피어의 현혹에 끊임없이 넘어갔으니까."

"뭐, 뭐라고? 정말이야?"

"그래서 나는 수차례 환생을 거듭해야만 했다. 헤미스피어가 내 육체를 완전히 잠식하기 전에 새로이 리셋을 시키기 위해서 말이지. 하지만 이제 더 이상 그럴 필요가 없어졌다. 이제 헤미스피어는 완전히 내 육체 깊은 곳에 봉인이 되었으니까 말이야."

"그럼 이제……."

"네가 할 일은 끝났다. 수고해 준 보답으로 여기 계신 신들이 새로이 너의 육체를 만들어 줄 거다. 원하는 조건이 있으면 말만 해라. 원하는 대로 만들어 주지. 데니크와 레이시라를 뛰어넘는 최고의 잠재력을 가진 마법사의 육체를 가질 수도 있으며, 클레첼이나 네이젠처럼 강인한 육체를 가질 수도 있다. 아니면 네가 좋아하는 매력적인 가슴을 가진 소녀의 육체를 가질 수도 있을 거야."

"바보 같은 소리 하지 말라고. 가슴은 애초에 내가 좋아하는 게 아니라 네가 좋아하던 거였잖아. 그리고 내가 여자로 태어나면 다른 애들이 알아보지 못할 거라고."

"장난이다. 그럼 내가 임의로 만들었던 그 모습으로 돌아갈 텐가? 일부러 눈에 띄지 않기 위해 평범하게 만든 외모인데……."

"그거면 족해. 나는 애초에 외모에는 그다지 신경 쓰지 않으니까."

"그런가…… 그렇군. 역시 넌 나와 닮았다."

"닮았다고?"

테리언은 어이가 없었다.

아무리 그래도 그렇지 인연을 아무렇지도 않게 내치는 녀석과 닮았다니?

"정확히는 과거의 나지만 말이야. 그게 어느 때였더라. 프로보크 시절 때였나…… 아아, 그래, 아마즈 시절 때였던 것 같군. 그때는 아직 인연의 소중함을 느끼던 때였지."

"프로보크? 잠깐만……."

어디서 들어본 듯한 이름이었지만 너무 오래된 건지 잘 기억이 나지 않았다.

하지만 아마즈라면 최근에 들었던 것이었기에 금방 떠올릴 수 있었다.

대마법사 아마즈.

하르카 대륙의 전설의 마법사라 불리는 자.

그러나 헤미스피어가 활보하고 나서 얼마 되지 않아 행방이 묘연해졌다고 들었었다.

분명 수업 시간에 들은 내용이었으며 그때 교수가 한 말에 의하면…….

"하하…… 그런 거였어? 마신의 봉인 상자 역할로서는 더할 나위 없는 존재."

그리고 현재 헤미스피어의 영혼을 육체에 봉인하고 있는 테리어드.

그렇다면 비로소 모든 이야기가 설명이 되었다.

"뭐, 덧없는 이야기다. 이미 지나간 과거의 일이니까."

그리고 등을 돌리는 테리어드.

테리언은 당황하여 소리쳤다.

"어이, 잠깐만!"

"왜 부르지?"

"왜 등을 돌리는 거야?"

"이제는 가야 한다. 최후의 봉인까지 끝마쳤다고는 하나 세계를 파멸로 이끌 존재를 이 세계에 남겨 놓는 것은 위험부담이 크다. 만에 하나 내가 악의를 가진 자들에게 납치라도 당해 강제적으로 봉인이 해제라도 되는 순간엔 모든 게 끝이 날 테니까."

"하, 하지만 너는 강하잖아? 대마법사 아마즈이자, 엘도흐 제국의 황태자인 테리어드……."

그러자 쓸쓸히 고개를 젓는 테리어드.

"테리언. 너는 아직 모르고 있다. 하르카 대륙 곳곳에 네가 모르는 헤미스피어의 추종자들이 득실거리고 있다는 것을. 개개인은 약한 그들이지만 합심해서 뭉치면 나라고 해도 당해 낼 수가 없을 거다. 무엇보다 그들은 헤미스피어의 힘을 물려받은 이들이니까. 만약 그들의 마력이 나에게 닿는 순간, 봉인되어 있는 헤미스피어에 건드리기라도 한다면 큰일이 벌어질 테니까 말이다. 여태까지는 내가 교묘하게 기척을 감추고 다녔기에 들키지 않을 수 있었지만…… 앞으로도 들키지 않으리라는 보장은 없다."

"그럼 정말…… 정말로 가는 거야?"

"그렇다. 한시라도 빨리 격리된 세계로 가야 한다. 그것이 이 세계를 위한 일이니까."

"그럼 엘도흐 제국의 황녀님들은 어떻게 되는데? 그리고 가족들은? 그리고…… 레이시라 공주님은?"

"신경 꺼라…… 라고 말하고 싶지만 그러면 계속 해서 말꼬리를 잡고 늘어질 것 같군."

"뭐야. 설마 아무런 대비도 안 한 건 아니겠지?"

"설마. 특단의 조치는 생각해 두었다."

"특단의 조치?"

테리어드는 검지로 자신의 머리를 톡톡 치며 말했다.

그 동작을 단번에 이해한 테리언은 안색이 장백해졌다.

"기억을 봉인하는 거지. 앞서 말한 대로 인격은 신이라할지라도 건드릴 수 없는 영역. 그리고 기억은 인격에도 큰 영향을 끼치는 만큼 서로 밀접한 관계에 있기에 지워버리는 것은 결코 불가능하다. 하지만 봉인하는 형식이라면 잊어버리게 만드는 정도는 가능하다."

"하지만, 하지만 그런 건!"

"네가 원하는 행복이 아니라는 거지? 미안하지만 그에 대한 대답은 이미 했다."

"고집…… 이라고?"

"그렇다. 너는 나의 행세를 하는 것은 싫다고 하지 않았나? 그러면 기억을 잊게 만드는 방법 외에는 없다. 결코 너와 내가 같이 현 세계로 돌아갈 수는 방법 따위는……."

"있어."

"뭐라고? 이제는 허세까지 부리는 거냐?"

이번엔 또 무슨 꿍꿍이인 것일까.

하지만 지금의 테리어드는 알 수 없었다.

현재는 테리어드와 테리언의 인격이 완전히 떨어진 상태였기에 더 이상 테리언의 심리를 읽을 수 없는 상태였으니까.

그 순간, 테리언의 입꼬리가 올라갔다. 그건 결코 허세를 부리는 미소가 아니었다.

확신이 담긴, 그리고 자신이 담긴 미소였다.

그리고 테리언은 나직이 읊조렸다.

최선의 결과로 향하는 방법을.

모두가 진정한 행복을 누릴 수 있는 방법을.

그 말에 테리어드는 물론이며, 그의 곁에 서 있던 네 명의 신은 일제히 경악했다.

그러나 곧 허탈한 한숨을 내쉬는가 싶더니 한 방 먹었다는 표정을 지었다.

"너란 녀석은……. 정말로 괴짜 같은 녀석이야."

얼마 만이었을까.

몇 년 전이었을까, 몇 십 년 전이었을까, 몇 백 년 전이었을까.

하지만 분명히 오랜만이라는 것은 알 수 있었다.

이렇게 진심으로 웃어 본 적이…….

테리어드는 평생 잊지 못할 것이라 생각했다.

어쩌면…….

앞으로도 잊지 못할 일들이 많이 생길지도 모르겠지.

테리어드는 천천히 눈을 감았다.

모든 것이 새하얗게 변한다.

앓던 이가 빠진 것 마냥 속 시원한 기분.

테리어드는 그 기분에 편안히 몸을 맡겼다.

드디어 모든 것이 끝났다는 기분이었다.

아니, 어쩌면은…….

Epilogue

"얘얘, 너 그 소문 들었니?"

"뭐 말이야?"

"몇 년 가까이 행방불명이 된 엘도흐 제국의 황태자가 글쎄 다시 돌아왔다지 뭐니?"

"어머! 그게 정말이야?"

"게다가 소문으로는 대박 잘생겼다고 해서 지금 반 애들은 난리도 아니야. 서로 어떻게 생겼는지 알아보려고 사방팔방 알아보고 있다고 하던데?"

프로티나 아카데미의 점심시간.

급식소와는 달리 직접 싸 가지고 온 도시락을 먹는 A 반 클래스의 여학생 무리들이 반 내의 책상을 합쳐, 옹기

종기 모여 재잘거리고 있었다.

반 내의 모든 학생들은 점심시간이라 그런지 다들 들떠 있었지만 유일하게 한 여학생만은 침울한 표정을 짓고 있었다.

반 내에서도 독보적인 미모를 가진 소녀.

로리에 휴스였다.

그녀는 다른 이들이 눈치채지 않도록 조심스레 자리에서 일어나더니 유유히 반을 빠져나갔다. 그리고는 어디론가를 향해 걸어가기 시작했다.

그 장소는 다름 아닌 아카데미 스카우트 부실.

문을 열고 안으로 들어서자 마침 그곳에는 아카데미 스카우트 부원들이 모여 있었다.

로리에는 주변을 쓱 둘러보았다.

창가에는 등을 기댄 채 팔짱을 끼고 있는 아젤리카, 그리고 그런 그의 옆에 양손을 모은 채 조신하게 서 있는 칼리가 있었다.

중앙에 놓인 네모 난 탁자에는 어느새 엉덩이까지 길게 머리를 기른 제네시드와 네리, 그리고 클레첼이 앉아 있었다. 반대편에는 네이젠이 팔굽혀펴기를 하고 있는 상태.

로리에는 자연스레 시선을 떨구었다.

아카데미 스카우트 부원 중 유일하게 없는 사람은 다름 아닌 테리언이었다.

엘도흐 황궁에서 세니츠와의 파트너로서 들어선 이후, 일주일이 지났다.

하루면 된다고 들었음에도 불구하고 테리언은 여태까지 돌아오지 않았다.

엘도흐 제국 측에서는 사정이 있어서 늦게 돌아온다 했지만 도통 이유를 설명해 주지 않았기에 불안함을 떨쳐 낼 수가 없었다.

"아무래도 안 되겠어요! 이젠 못 참아요, 직접 가 보든가 해야겠어요!"

로리에가 그렇게 소리치자 잠시 서로를 바라보던 클레첼과 제네시드는.

피식 웃었다.

그들도 역시 같은 생각을 하고 있었던 것이다.

하지만 허락 없이 함부로 아카데미를 나갈 수 없다.

"가도 좋다. 책임은 내가 져 주지."

그러나 아젤리카는 로리에를 향해 한 번 고개를 끄덕이며 승낙을 내렸다.

그는 학생부장이지만 이사장인 세이나와 친척 관계이기도 하다.

그가 입김만 분다면 무단 외출 정도는 가능하리라.

다소 부정적인 행위이긴 했지만 뭐 어떠랴.

지금 그들에게 그런 건 전혀 중요하지 않았으니까.

어지간해선 잘 웃지 않은 칼리가도 슬쩍 미소를 지어 보였으며, 네리 역시 눈웃음을 짓고 있었다.

네이젠은 여전히 팔굽혀펴기를 하고 있었지만 이미 양 입꼬리는 올라간 상태였다.

로리에와 클레첼, 그리고 제네시드는 자리에서 일어나 묵묵히 부실을 빠져나왔다.

아카데미 정문을 향해 걸어 나가자 마치 그들이 나올 것을 기다리기라도 한 건지 마차 한 대가 대기 중이었다.

"기다리고 있었습니다. 타시지요."

마부는 놀랍게도 프로티나 왕국의 카르반 남작이었다.

왜 남작이나 되는 사람이 마부를 하는 것인가.

그 이유는 카르반이 매우 기분이 좋았기 때문이었다.

그가 모시던 레이시라 공주가…….

이제는 웃을 수 있게 되었으니까.

'그'의 덕분에 말이다.

"이럇!"

클레첼과 제네시드, 로리에가 마차 안으로 탑승하자 카르반은 호쾌한 외침과 함께 말의 고삐를 힘차게 당겼다.

히히히힝—!

말의 경쾌한 울음소리와 함께 속력을 내기 시작하는 마차는 거침없이 달리기 시작했다.

현재 마차가 향하는 장소는 근처의 가까운 텔레포트 게

이트가 있는 곳.

그러나 유감스럽게도 수도 가르반에 설치되어 있던 텔레포트 게이트는 정기 수리인 관계로 이용할 수 없었다.

그렇다면 그 다음으로 가장 가까운 텔레포트 게이트가 있는 장소는…….

수도 가르반으로 들어올 수 있는 유일한 출입구인 로렌스카 마을이었다.

며칠 가량을 순조롭게 이동한 끝에 마침내 로렌스카 마을 안으로 들어섰을까.

다소 사람이 붐빈 탓에 카르반은 다소 마차의 속력을 줄여야만 했다.

텔레포트 게이트가 있는 곳은 사람들이 많은 번화가 쪽. 그곳으로 향하기 위해선 로렌스카 마을에 나 있는 대로를 향해 가야만 했다.

카르반은 마차 안 쪽으로 고개를 돌리며 상황을 전달했다.

"곧 있으면 텔레포트 게이트가 있는 곳까지 도착할 거다."

그러자 안에서 로리에의 목소리가 들려왔다.

"고마워요. 저희들을 위해서 직접 마차까지 몰아 주시고……."

"무슨. 우리 아름다운 아가씨들을 위해서라면 기사로서

당연히 도와주는 것이 도리······."

히히히힝!

그 순간 무언가를 발견한 카르반은 급히 말고삐를 잡아당기며 마차를 멈추었다.

덕분에 마차가 덜컹하며 안에 있던 로리에 들이 화들짝 놀라야만 했다.

"무, 무슨 일인가요?"

"······."

그러나 어째서인지 카르반은 대답이 없었다.

마차가 구조 특성상 마부석 쪽을 볼 수가 없도록 되어 있었기에 영문을 알 수 없는 상황. 더불어 창문도 없었기에 나가 봐야 하지 않으면 안 되는 상황이었다.

"제가 나가 볼까요?"

제네시드가 말하자 클레첼이 고개를 저으며 말했다.

"아니에요. 혹시 뭔가 위험한 일이 발생한 걸지도 모르니 제가 나가 볼게요. 제가 격투는 잘하니까요."

그러나 클레첼이 막 마차 문을 열고 나서려던 순간이었다.

저벅.

로리에가 한 손으로 그런 클레첼의 앞을 가로막았다.

방금 마차의 앞으로 누군가 다가온 것을 느낀 것이다.

로리에와 클레첼 그리고 제네시드는 잠시 서로를 마주

보았다.

　어째서인지 마차 바깥이 조용한 것이 무언가 심상치 않은 일이 일어난 것만 같았다.

“……．”

“……．”

“……．”

　그렇게 마차 안이 심각한 분위기가 형성되려던 찰나.

　너무나 그리운.

　너무나 익숙한.

　너무나 반가운.

　목소리가 들렸다.

“약속을 지키러 왔어. 그러니까 이제……．”

　그 말에 로리에의 어깨가 가늘게 떨렸다.

　마치 가슴속에 무언가 알 수 없는 것이 주체를 하지 못하고 터질 것만 같은 기분이었다.

　먼저 나서려고 했던 클레첼은 그런 로리에를 바라보더니, 제네시드와도 시선을 마주한 후 실 없는 미소를 지어보이며 제자리에 앉았다.

　그리고 마차의 문 앞에는 로리에만이 서 있었다.

　로리에는 마차의 손잡이를 잡았지만 열지는 않았다.

　상대방은 아직 할 말이 남았던 건지 숨을 들이마시는 소리가 들려왔던 것이다. 그러나 결국 참지 못한 나머지 로리에는 문을 확 열어젖히고 말았다.

아아, 너무나 보고 싶었던 사람.

그리고 너무나 듣고 싶었던 한마디가 들려왔다.

"가슴 만지게 해 줄래?"

〈『프리크』完〉

도서출판 뿔미디어 홈페이지 OPEN!!

안녕하세요.
지금껏 저희 뿔미디어를 응원해 주신
독자님들의 성원에 힘입어
이번에 새롭게 홈페이지를 오픈하였습니다.

저희 뿔미디어는 홈페이지에서 독자님들께서
보다 빠른 출간 소식과 미리보기 등
알찬 내용을 제공하기 위해 많은 노력을 기울였습니다.
또한 독자님들에게 도서 할인, 이벤트 등
다양한 혜택을 제공하고자 합니다.

저희 뿔미디어 홈페이지 오픈을 계기로
한층 더 독자님들과 가까워질 수 있는 기회가 되었으면 합니다.

보다 많은 관심과 사랑 부탁드리며,
앞으로도 더 좋은 컨텐츠 제공에 힘쓰도록 하겠습니다.

감사합니다.

-도서출판 뿔미디어 올림-

 www.bbulmedia.com